GRöLS Verlage

„Bücher sind wie Fallschirme. Sie nützen uns nichts, wenn wir sie nicht öffnen.“

Gröls Verlag

Redaktionelle Hinweise und Impressum

Das vorliegende Werk wurde zugunsten der Authentizität sehr zurückhaltend bearbeitet. So wurden etwa ursprüngliche Rechtschreibfehler *nicht* systematisch behoben, denn kleine Unvollkommenheiten machen das Buch – wie im Übrigen den Menschen – erst authentisch. Mitunter wurden jedoch zum Beispiel Absätze behutsam neu getrennt, um den Lesefluss zu erleichtern.

Um die Texte zu rekonstruieren, werden antiquarische Bücher von Lesegeräten gescannt und dann durch eine Software lesbar gemacht. Der so entstandene Text wird von Menschen gegengelesen und korrigiert – hierbei treten auch Fehler auf. Wenn Sie ebenfalls antiquarische Texte einreichen möchten, finden Sie weitere Informationen auf www.groels.de

Viel Freude bei der Lektüre wünscht Ihnen das Team des Gröls-Verlags.

Adressen

Verleger: Sophia Gröls, Im Borngrund 26, 61440 Oberursel

Externer Dienstleister für Distribution & Herstellung: BoD, In de Tarpen 42, 22848 Norderstedt

Unsere „Edition | Werke der Weltliteratur“ hat den Anspruch, eine der größten und vollständigsten Sammlungen klassischer Literatur in deutscher Sprache zu sein. Nach und nach versammeln wir hier nicht nur die „üblichen Verdächtigen“ von Goethe bis Schiller, sondern auch Kleinode der vergangenen Jahrhunderte, die – zu Unrecht – drohen, in Vergessenheit zu geraten. Wir kultivieren und kuratieren damit einen der wertvollsten Bereiche der abendländischen Kultur. Kleine Auswahl:

Francis Bacon • Neues Organon • **Balzac** • Glanz und Elend der Kurtisanen • **Joachim H. Campe** • Robinson der Jüngere • **Dante Alighieri** • Die Göttliche Komödie • **Daniel Defoe** • Robinson Crusoe • **Charles Dickens** • Oliver Twist • **Denis Diderot** • Jacques der Fatalist • **Fjodor Dostojewski** • Schuld und Sühne • **Arthur Conan Doyle** • Der Hund von Baskerville • **Marie von Ebner-Eschenbach** • Das Gemeindekind • **Elisabeth von Österreich** • Das Poetische Tagebuch • **Friedrich Engels** • Die Lage der arbeitenden Klasse • **Ludwig Feuerbach** • Das Wesen des Christentums • **Johann G. Fichte** • Reden an die deutsche Nation • **Fitzgerald** • Zärtlich ist die Nacht • **Flaubert** • Madame Bovary • **Gorch Fock** • Seefahrt ist not! • **Theodor Fontane** • Effi Briest • **Robert Musil** • Über die Dummheit • **Edgar Wallace** • Der Frosch mit der Maske • **Jakob Wassermann** • Der Fall Maurizius • **Oscar Wilde** • Das Bildnis des Dorian Grey • **Émile Zola** • Germinal • **Stefan Zweig** • Schachnovelle • **Hugo von Hofmannsthal** • Der Tor und der Tod • **Anton Tschechow** • Ein Heiratsantrag • **Arthur Schnitzler** • Reigen • **Friedrich Schiller** • Kabale und Liebe • **Nicolo Machiavelli** • Der Fürst • **Gotthold E. Lessing** • Nathan der Weise • **Augustinus** • Die Bekenntnisse des heiligen Augustinus • **Marcus Aurelius** • Selbstbetrachtungen • **Charles Baudelaire** • Die Blumen des Bösen • **Harriett Stowe** • Onkel Toms Hütte • **Walter Benjamin** • Deutsche Menschen • **Hugo Bettauer** • Die Stadt ohne Juden • **Lewis Caroll** • *und viele mehr….*

Joseph Roth

Hotel Savoy

Inhalt

Erstes Buch

I

Ich komme um zehn Uhr vormittags im Hotel Savoy an. Ich war entschlossen, ein paar Tage oder eine Woche auszuruhen. In dieser Stadt leben meine Verwandten – meine Eltern waren russische Juden. Ich möchte Geldmittel bekommen, um meinen Weg nach dem Westen fortzusetzen.

Ich kehre aus dreijähriger Kriegsgefangenschaft zurück, habe in einem sibirischen Lager gelebt und bin durch russische Dörfer und Städte gewandert, als Arbeiter, Taglöhner, Nachtwächter, Kofferträger und Bäckergehilfe.

Ich trage eine russische Bluse, die mir jemand geschenkt hat, eine kurze Hose, die ich von einem verstorbenen Kameraden geerbt habe, und Stiefel, immer noch brauchbare, an deren Herkunft ich mich selbst nicht mehr erinnere.

Zum erstenmal nach fünf Jahren stehe ich wieder an den Toren Europas. Europäischer als alle anderen Gasthöfe des Ostens scheint mir das Hotel Savoy mit seinen sieben Etagen, seinem goldenen Wappen und einem livrierten Portier. Es verspricht Wasser, Seife, englisches Klosett, Lift, Stubenmädchen in weißen Hauben, freundlich blinkende Nachtgeschirre wie köstliche Überraschungen in braungetäfelten Kästchen; elektrische Lampen, aus rosa und grünen Schirmen erblühend wie aus Kelchen; schrillende Klingeln, die einem Daumendruck gehorchen; und Betten, daunengepolsterte, schwellend und freudig bereit, den Körper aufzunehmen.

Ich freue mich, wieder ein altes Leben abzustreifen wie so oft in diesen Jahren. Ich sehe den Soldaten, den Mörder, den fast Gemordeten, den Auferstandenen, den Gefesselten, den Wanderer.

Ich ahne Morgendunst, höre den Trommelwirbel der marschierenden Kompanie, auf klirrende Fensterscheiben im höchsten Stockwerk; erblicke einen Mann in weißen Hemdsärmeln, die zuckenden Glieder der Soldaten, eine Waldlichtung, die vom Tau glänzt; ich stürze ins Gras vor „fiktivem Feind“ und habe den brünstigen Wunsch, hier liegenzubleiben, ewig, im samtenen Gras, das die Nase streichelt.

Ich höre die Stille des Krankensaals, die weiße Stille. Ich stehe an einem Sommermorgen auf, höre das Trillern gesunder Lerchen, schmecke den Morgenkakao mit Buttersemmel und den Duft von Jodoform in der „ersten Diät“.

Ich lebe in einer weißen Welt aus Himmel und Schnee, Baracken bedecken die Erde wie gelber Aussatz. Ich schmecke den süßen letzten Zug aus einem aufgeklaubten Zigarettenstummel, lese die Inseratenseite einer heimatlichen, uralten Zeitung, aus der man vertraute Straßennamen wiederholen kann, den Gemischtwarenhändler erkennt, einen Portier, eine blonde Agnes, mit der man geschlafen hat.

Ich höre den wonnigen Regen in durchwachter Nacht, die hurtig schmelzenden Eiszapfen in lächelnder Morgensonne, ich greife die mächtigen Brüste einer Frau, die man unterwegs getroffen, ins Moos gelegt hat, die weiße Pracht ihrer Schenkel. Ich schlafe den betäubenden Schlaf auf dem Heuboden, in der Scheune. Ich schreite über zerfurchte Äcker und lausche dem dünnen Sang einer Balalaika.

So vieles kann man in sich saugen und dennoch unverändert an Körper, Gang und Gehaben bleiben. Aus Millionen Gefäßen schlürfen, niemals satt sein, wie ein Regenbogen in allen Farben schillern, dennoch immer ein Regenbogen sein, von der gleichen Farbenskala.

Im Hotel Savoy konnte ich mit einem Hemd anlangen und es verlassen als der Gebieter von zwanzig Koffern – und immer noch der Gabriel Dan sein. Vielleicht hat mich dieser Einfall so selbstbewußt gemacht, so stolz und herrisch, daß der Portier mich grüßt, mich, den armen Wanderer in der russischen Bluse, daß ein Boy geschäftig meiner harrt, obwohl ich gar kein Gepäck habe.

Ein Lift nimmt mich auf, Spiegel zieren seine Wände, der Liftboy, ein älterer Mann, läßt das Drahtseil durch seine Fäuste gleiten, der Kasten hebt sich, ich schwebe – und es kommt mir vor, als würde ich so noch eine geraume Weile in die Höhe fliegen. Ich genieße das Schweben, berechne, wieviel Stufen ich mühsam erklimmen müßte, wenn ich nicht in diesem Prachtlift säße, und werfe Bitterkeit, Armut, Wanderung, Heimatlosigkeit, Hunger, Vergangenheit des Bettlers hinunter – tief, woher es mich, den Emporschwebenden, nimmermehr erreichen kann.

Mein Zimmer – ich habe eines der billigsten bekommen – liegt im sechsten Stockwerk und trägt die Nummer 703. Die Zahl gefällt mir – ich bin zahlengläubig –, die Null in der Mitte ist wie eine Dame, von einem ältern und einem jüngern Herrn flankiert. Auf dem Bett liegt eine gelbe Decke; gottlob, keine graue, die ans Militär erinnern könnte. Ich knipse ein paarmal das Licht an und aus, schlage die Tür des Nachtkästchens auf, die Matratze gibt dem Druck der Hand nach und federt empor, Wasser blinkt aus der Karaffe, das Fenster geht in Lichthöfe, in denen lustig bunte Wäsche flattert, Kinder schreien, Hühner lustwandeln.

Ich wasche mich und schlüpfe langsam ins Bett, jede Sekunde koste ich aus. Ich öffne das Fenster, die Hühner schwatzen laut und lustig, es ist wie süße Schlafmusik.

Ich schlafe ohne Traum den ganzen Tag.

II

Späte Sonne rötete die höchsten Fenster des gegenüberliegenden Hauses; die Wäsche, die Hühner, die Kinder waren aus dem Hofe verschwunden.

Am Vormittag, als ich ankam, hatte es leise geregnet; weil es inzwischen heiter geworden war, schien es mir, als hätte ich nicht einen Tag, sondern drei geschlafen. Meine Müdigkeit war abgetan; mein Herz festlich gestimmt. Ich war neugierig auf die Stadt, das neue Leben. Mein Zimmer schien mir vertraut, als hätte ich schon lange darin gewohnt, bekannt die Glocke, der Druckknopf, der elektrische Taster, der grüne Lampenschirm, der Kleiderkasten, die Waschschüssel. Alles heimisch, wie in einer Stube, in der man eine Kindheit verbracht, alles beruhigend, Wärme verschüttend, wie nach einem lieben Wiedersehn. Neu war nur der Zettel an der Tür, auf dem zu lesen stand:

„Nach zehn Uhr abends wird um Ruhe gebeten. Für abhanden gekommene Schmuckstücke keine Haftung. Tresor im Hause.

Hochachtungsvoll
Kaleguropulos, Hotelwirt“

Der Name war fremd, ein griechischer Name, ich bekam Lust, ihn zu deklinieren: Kaleguropulos, Kaleguropulu, Kaleguropulo – eine leise Erinnerung an ungemütliche Schulstunden; einen Griechischlehrer, der aufstieg aus vergessenen Jahren in einem patinagrünen Jäckchen, drängte ich zurück. Dann beschloß ich, durch die Stadt zu gehen, vielleicht einen Verwandten aufzusuchen, wenn Zeit dazu blieb, und zu genießen, wenn dieser Abend und diese Stadt Genuß bieten wollten.

Ich gehe den Korridor entlang der Haupttreppe zu und freue mich über die schöne Quaderpflasterung des Hotelgangs, die rötlichen, sauberen Steine, das Echo meiner festen Schritte.

Langsam steige ich die Treppe hinunter, aus unteren Stockwerken klingen Stimmen, hier oben ist alles still, alle Türen sind geschlossen, man geht wie durch ein altes Kloster, an den Zellen betender Mönche vorbei. Das fünfte Stockwerk sieht genauso wie das sechste aus, man kann sich leicht irren; dort oben und hier hängt eine Normaluhr gegenüber der Treppe, nur gehen die beiden Uhren nicht regelmäßig. Die im sechsten Stockwerk zeigt sieben Uhr und zehn Minuten, hier ist es sieben Uhr, und im vierten Stock sind es zehn Minuten weniger.

Über den Quadersteinen des dritten Stockwerks liegen dunkelrote, grüngesäumte Teppiche, man hört seinen Schritt nicht mehr. Die Zimmernummern sind nicht an die Türen gemalt, sondern auf ovalen Porzellantäfelchen angebracht. Ein Mädchen kommt mit einem Staubwedel und einem Papierkorb, hier scheint man mehr auf Sauberkeit zu achten. Hier wohnen die Reichen, und Kaleguropulos, der Schlaue, läßt absichtlich die Uhren zurückgehn, weil die Reichen Zeit haben.

Im Hochparterre standen zwei Flügel einer Tür weit offen.

Es war ein großes Zimmer mit zwei Fenstern, zwei Betten, zwei Kasten, einem grünen Plüschsofa, einem braunen Kachelofen und einem Ständer für Gepäck. An der Tür war kein Zettel des Kaleguropulos zu sehen – vielleicht durften die Bewohner des Hochparterres nach zehn Uhr lärmen, ihnen haftete man vielleicht für „abhanden gekommene Schmuckstücke" – oder wußten sie bereits von den Tresors, oder sagte es ihnen Kaleguropulos persönlich?

Aus einem benachbarten Zimmer rauschte eine Frau heraus, parfümiert und in einer grauen Federboa – das ist eine Dame, sage ich mir und gehe, hart hinter ihr, die wenigen Stufen hinunter, ihre kleinen Lackstiefelchen fröhlich betrachtend. Die Dame hält sich eine Weile beim Portier auf, ich gelange mit ihr gleichzeitig zur Tür, der Portier grüßt, mir schmeichelt es, daß der Portier mich vielleicht für den Begleiter der reichen Dame hält.

Ich beschloß, weil ich keine Richtung wußte, hinter der Dame einherzugehn.

Sie bog aus dem engen Gäßchen, in dem das Hotel stand, rechts ab, da weitete sich der Marktplatz. Es mußte Markttag gewesen sein, Heu und Häcksel lagen verstreut auf dem Pflaster, man schloß gerade die Läden, es klirrten Schlüssel, und Ketten rasselten, Hausierer zogen heim mit kleinen Handwagen, Frauen mit bunten Kopftüchern eilten mit vollen und vorsichtig vor den Leib gehaltenen Töpfen, berstenden Markttaschen am Arm, aus denen hölzerne Kochlöffel hervorschauten. Spärliche Laternen streuten silbernes Licht in die Dämmerung, auf dem Bürgersteig entwickelte sich ein Korso, Männer in Uniform und Zivil wedelten mit schlanken Rohrstäbchen, und Wolken russischen Parfüms wallten auf und verschwanden wieder. Wagen kamen vom Bahnhof geholpert, mit hochgeschichtetem Gepäck, vermummten Reisenden. Das Pflaster war schlecht, wies Mulden und plötzliche Versenkungen auf, über schadhafte Stellen waren faulende Latten gelegt, die überraschend knarrten.

Dennoch sah die Stadt am Abend freundlicher aus als am Tage. Am Vormittag war sie grau, Kohlendunst naher Fabriken wälzte sich über sie aus riesigen Schornsteinen, schmutzige Bettler krümmten sich an den Straßenecken, und Unrat und Mostkübel waren in engen Gäßchen gehäuft. Die Dunkelheit aber barg alles, Schmutz, Laster, Seuche und Armut, gütig, mütterlich, verzeihend, vertuschend.

Häuser, die nur gebrechlich und schadhaft sind, scheinen im Dunkel gespenstisch und geheimnisvoll, von einer willkürlichen Architektur. Schiefe Giebel wachsen sanft in den Schatten, armseliges Licht winkt heimlich durch halberblindete Scheiben, zwei Schritte daneben brechen Ströme von Licht aus mannshohen Fenstern einer Konditorei, Spiegel widerstrahlen Kristall und Lüster, Engel schweben, lieblich gebeugt, an der Deckenwölbung. Es ist die Konditorei der reichen Welt, die in dieser Fabrikstadt Geld erwirbt und ausgibt.

Hierher ging die Dame, ich folgte ihr nicht, weil ich bedachte, daß mein Geld eine geraume Zeit würde reichen müssen, ehe ich fortreisen konnte.

Ich schlenderte weiter, sah schwarze Gruppen behender Kaftanjuden, hörte lautes Gemurmel, Gruß und Gegengruß, zorniges Wort und lange Rede – Federn, Prozente, Hopfen, Stahl, Kohle, Zitronen flogen, von Lippen in die Luft geschleudert, in Ohren gezielt. Männer mit verdächtigem Blick und Kautschukkragen schienen Polizei. Ich griff nach meiner Brusttasche, wo der Paß lag, unwillkürlich, wie ich nach der Mütze gegriffen hatte als Soldat, wenn ein Vorgesetzter in der Nähe war. Ich war Heimkehrer, meine Papiere waren in Ordnung, ich hatte nichts zu fürchten.

Ich ging zu einem Schutzmann, fragte nach der Gibka, wo meine Verwandten wohnen, der reiche Onkel Phöbus Böhlaug. Der Schutzmann sprach Deutsch, viele Menschen sprachen hier Deutsch, deutsche Fabrikanten, Ingenieure und Kaufleute beherrschten Gesellschaft, Geschäft, Industrie dieser Stadt.

Ich mußte zehn Minuten gehn und dachte an Phöbus Böhlaug, von dem mein Vater in der Leopoldstadt mit Neid und Haß gesprochen hatte, wenn er von vergeblichen Ratensammlungen müde und zerdrückt heimgekommen war. Den Namen Phöbus hatte jedes Familienmitglied mit Respekt genannt, es war, als hätte man wirklich vom Sonnengott gesprochen; nur mein Vater sprach immer von „Phöbus, dem Lump" – weil er angeblich mit der Mitgift der Mutter Geschäfte gemacht hatte. Mein Vater war immer zu feige gewesen, hatte nie seine Mitgift gefordert, hatte immer nur, jährlich um dieselbe Zeit, in der Fremdenliste nachgelesen, ob Phöbus Böhlaug im Hotel Imperial abgestiegen sei, und wenn er da war, ging mein Vater den Schwager in die Leopoldstadt einladen, zu einem Tee. Die Mutter trug ein schwarzes Kleid mit spärlich gewordenem Flitterbesatz, sie achtete den reichen Bruder, als wäre er etwas sehr Fremdes, Königliches, als hätte sie nicht beide *ein* Schoß geboren, *ein* Brüstepaar gesäugt. Der Onkel kam, brachte mir ein Buch, Lebzelte dufteten aus der dunklen Küche, in der mein Großvater wohnte, aus der er nur bei festlichen Gelegenheiten hervorkam, als wäre er gerade gar geworden, frisch gewaschen, mit einem weiß gestärkten Brustvorsatz, zwinkernd durch die viel zu schwache Brille, vorgeneigt, um den Sohn Phöbus zu sehn, den Stolz des Alters. Phöbus hat ein breites Lachen, ein quellendes Doppelkinn und rote Nackenwülste, er riecht nach Zigarren und manchmal nach Wein, und er gibt jedem einen Kuß auf beide Wangen. Er spricht viel, laut und fröhlich, aber wenn man ihn fragt, ob die Geschäfte gutgehen, quellen seine Augen hervor, er sinkt zusammen, jeden Augenblick kann er anfangen zu schlottern wie ein frierender Bettler, sein Doppelkinn verschwindet im Kragen: „Die Geschäfte gehn nicht mehr, in diesen Zeiten. Wie ich klein war, bekam ich einen Mohnbeugel für eine halbe Kopeke, zehn Kopeken kostet jetzt ein Brot, die Kinder – unberufen – werden groß und brauchen Geld, Alexander will jeden Tag Taschengeld."

Der Vater zupfte an den Manschettenröllchen und stieß sie wieder am Tischrand zurück, lächelte, wenn ihn Phöbus ansprach, schwach und lauernd und wünschte seinem Schwager einen Herzschlag. Nach zwei Stunden stand Phöbus auf, drückte der Mutter ein Silberstück in die Hand, dem Großvater eines, und ein großes, glänzendes steckte er in meine Tasche. Der Vater begleitete ihn, weil es dunkel war, die Treppe hinunter, mit der Petroleumlampe in hocherhobener Hand, und die Mutter rief: „Nathan, gib acht auf den Schirm!“ Der Vater gab acht auf den Schirm, und man hörte noch, da die Tür offenstand, das gesunde Reden Phöbus'.

Zwei Tage später war Phöbus verreist, und der Vater verkündete: „Der Lump ist schon weggefahren.“

„Hör auf, Nathan!“ sagte die Mutter.

Ich kam in die Gibka. Es ist eine vornehme Vorstadtstraße, mit weißen, niederen Häusern, neuen und verzierten. Ich sah erleuchtete Fenster im Hause Böhlaugs, aber die Tür war geschlossen. Ich überlegte eine Weile, ob ich so spät noch hinaufgehen sollte, es mußte schon zehn Uhr sein – da hörte ich Klavierspiel und ein Cello, eine weibliche Stimme, einen Schall von klatschenden Spielkarten. Ich dachte, daß es nicht anginge, in solchem Anzug, wie ich ihn trug, in die Gesellschaft zu kommen, von meinem ersten Auftreten hing alles ab – ich beschloß, den Besuch für morgen aufzuschieben, und kehrte ins Hotel zurück. Der vergebliche Weg hatte mich mißmutig gemacht, der Portier grüßte nicht mehr, als ich ins Hotel trat. Der Liftmensch beeilte sich nicht, als ich auf den Knopf drückte. Er kam langsam, in meinem Gesicht forschend. Es war ein fünfzigjähriger livrierter Mensch, ein alter Liftknabe; ich ärgerte mich, daß in diesem Hotel nicht kleine, rotwangige Knirpse den Fahrstuhl bedienten.

Ich entsann mich, daß ich noch einen Blick in den siebenten Stock hatte werfen wollen, und schritt die Stiege hinauf. Oben war der Korridor sehr schmal, die Decke hing tiefer, aus einer Waschküche strömte grauer Dunst, und es roch nach feuchter Wäsche. Zwei, drei Türen mußten halb offenstehn, man hörte streitende Stimmen, eine Normaluhr war, wie ich vermutet hatte, nicht vorhanden. Ich wollte gerade die Stiege hinuntergehn, da hielt knarrend der Fahrstuhl, die Tür ging auf, der Liftmensch warf einen verwunderten Blick auf mich und ließ ein Mädchen aussteigen. Sie trug einen kleinen grauen Sporthut, wandte mir ein braunes Gesicht zu und große, graue, schwarz bewimperte Augen. Ich grüßte und schritt die Stiege hinunter. Etwas zwang mich, vom letzten Treppenabsatz wieder aufzublicken, da glaubte ich, die biergelben Augen des Liftboys vom Treppengeländer her auf mich gerichtet zu sehn.

Ich schloß meine Tür ab, weil ich eine unbestimmte Furcht hatte, und begann, in einem alten Buch zu lesen.

III

Ich war nicht schläfrig. Eine Kirchturmglocke bettet regelmäßige Schläge in die weiche Nacht. Über mir höre ich Schritte, behutsame, sanfte, unaufhörliche, es müssen Frauenschritte sein – ging jene Kleine aus dem siebenten Stock so rastlos auf und ab? Was hatte sie? Ich sah hinauf zur Decke, weil mir plötzlich der Einfall kam, daß die Decke durchsichtig geworden war. Man sah vielleicht die zierlichen Fußsohlen des graugekleideten Mädchens. Ging sie barfuß oder in Pantoffeln? Oder in grauen Strümpfen aus Halbseide? Ich erinnerte mich, wie sehnsüchtig ich und viele Kameraden einen Urlaub erwartet hatten, der den Wunsch nach einem wildledernen Halbschuh erfüllen konnte. Gesunde Bauernmädchenbeine durfte man streicheln, breitsohlige Füße, mit abstehendem großem Zeh, die durch den Schlamm der Felder, durch den Lehm der Landstraße wanderten, Körper, für die die harten Schollen eines gefrorenen Herbstackers ein Liebesbett bildeten. Gesunde Oberschenkel. Minutenschnelle Liebe in der Dunkelheit vor einbrechendem Befehl. Ich entsann mich der ältlichen Lehrerin in einem Etappennest, der einzigen Frau jenes Orts, die vor Krieg und Überfall nicht geflüchtet war. Es war ein spitzes Mädchen, über dreißig, man nannte sie den „Drahtverhau“. Aber es gab nicht einen, der sie nicht umworben hätte. Denn weit und breit, im Umkreis von Kilometern, war sie die einzige Frau mit Halbschuhen und durchbrochenen Strümpfen.

In diesem Riesenhotel Savoy mit den 864 Zimmern, ja in dieser ganzen Stadt wachten vielleicht nur zwei Menschen, ich und das Mädchen über mir. Man könnte ganz gut beieinander sein, ich, Gabriel, und ein kleines braunes Mädchen mit freundlichem Gesicht, großen, grauen, schwarz bewimperten Augen. Wie dünn mußten die Decken dieses Hauses sein, wenn die Gazellenschritte so deutlich zu hören waren; selbst den Geruch ihres Leibes glaubte ich zu spüren. Ich beschloß nachzusehn, ob diese Schritte wirklich dem Mädchen gehörten. Im Korridor brannte ein dunkelrotes Glühlämpchen; Schuhe, Stiefel, Frauenhalbschuhe standen vor den Zimmertüren, alle ausdrucksvoll wie Menschengesichter. Im siebenten Stockwerk brannte überhaupt keine Lampe, schwaches Licht rann aus geblendeten Glasscheiben. Gelb und dünn floß ein Strahl durch eine Ritze, es ist Zimmer 800 – da muß der rastlose Spaziergänger wohnen. Ich kann durchs Schlüsselloch sehn – es ist das Mädchen. Sie schreitet in einem weißen Gewand – es ist ein Bademantel – auf und ab, bleibt eine Weile am Tisch stehn, sieht in ein Buch und beginnt ihre Wanderung von neuem.

Ich bemühe mich, ihr Gesicht zu erhaschen – sehe nur die schwache Rundung eines Kinns, das Viertel eines Profils, wenn sie stehenbleibt, ein Büschel Haare, und sooft der Mantel bei einem weiten Schritt sich lüftet, einen Schimmer ihres braunen Fleisches. Irgendwoher kam ein mühsamer Husten, jemand spuckte in einen Kübel, es klatschte laut. Ich kehrte in mein Zimmer zurück. Als ich die Tür schloß, glaubte ich einen Schatten im Korridor zu sehen; ich riß die Tür weit auf, daß das Licht meines Zimmers einen Teil des Ganges erhellte. Aber es war niemand gewesen.

Oben hörten die Schritte auf. Das Mädchen schlief schon wahrscheinlich. Ich legte mich angekleidet aufs Bett und zog die Gardinen vom Fenster weg. Sanftes Grau des beginnenden Tags legte sich weich auf die Gegenstände des Zimmers.

Unerbittlichen Morgenanbruch verkündeten eine knallende Tür und der brutale Ruf einer Männerstimme in einer unverständlichen Sprache.

Ein Zimmerkellner kam – er trug eine grüne Schusterschürze, und die aufgekrempelten Hemdsärmel ließen schwarz- und krausbehaarte muskelreiche Unterarme bis zum Ellbogen sehn. Zimmermädchen gab es offenbar nur in den drei ersten Stockwerken. Der Kaffee war besser, als man erwartet hätte, aber was nutzte das, wenn keine Mädchen da waren in weißen Hauben? Das war eine Enttäuschung, und ich dachte nach, ob denn keine Möglichkeit vorhanden wäre, in den dritten Stock zu übersiedeln.

IV

Phöbus Böhlaug sitzt vor einem glänzenden, kupfernen Samowar, ißt ein Rührei mit Schinken und trinkt Tee mit Milch. „Der Doktor hat mir Eier verschrieben", sagt er, wischt sich mit der Serviette den Schnurrbart und streckt mir vom Stuhl aus sein Gesicht zum Kusse entgegen. Sein Gesicht riecht nach Rasierseife und Kölnischem Wasser, es ist glatt, weich und warm. Er trägt einen weiten Bademantel, muß eben aus der Wanne gestiegen sein, eine Zeitung liegt auf einem Stuhl, und ein herzförmiger Ausschnitt seiner behaarten Brust wird sichtbar, da er noch kein Hemd trägt.

„Gut siehst du aus!" stellt er fest, für alle Fälle.

„Wie lange bist du schon da?"

„Seit gestern!"

„Warum kommst du heute?"

„Ich war gestern hier, hörte, daß bei euch Gesellschaft war, und wollte nicht in diesem Anzug –"

„Ach, was – ein ganz schöner Anzug! Heutzutage schämt man sich nicht. Heute tragen Millionäre auch keinen besseren Anzug! Ich hab' auch nur drei Anzüge! Ein Anzug kostet ein Vermögen!"

„Ich wußte nicht, daß es so ist. – Ich komme aus der Kriegsgefangenschaft."

„Da ist es dir doch gutgegangen? Alle Menschen sagen, in der Gefangenschaft ist es gut."

„Es war manchmal auch schlecht, Onkel Phöbus!"

„Nun, und jetzt willst du weiterfahren?"

„Ja, ich brauche Geld!“

„Geld brauch' ich auch“, lachte Phöbus Böhlaug. „Wir brauchen alle Geld!“

„Du hast es ja wahrscheinlich.“

„Ich hab'? Wie weißt du, daß ich hab'? Man ist von der Flucht zurückgekommen und hat sein Vermögen zusammengeklaubt. Ich hab' in Wien deinem Vater Geld gegeben – seine Krankheit hat mich ein schönes Geld gekostet, und deiner seligen Mutter hab' ich einen Grabstein gesetzt, einen schönen Stein – er hat schon damals zwei runde Tausender gekostet.“

„Mein Vater ist im Siechenhaus gestorben.“

„Aber die selige Mutter im Sanatorium.“

„Was schreist du so? Reg dich nicht auf, Phöbus!“ sagt Regina. Sie kommt aus dem Schlafzimmer, hält ein Korsett in der Hand, mit baumelnden Strumpfbändern.

„Das ist Gabriel“, stellt Phöbus vor.

Regina bekam einen Handkuß. Sie bedauerte mich, meine Leiden in der Gefangenschaft, den Krieg, die Zeiten, die Kinder, den Mann.

„Alexanderl ist hier, sonst hätten wir Sie gebeten, bei uns zu schlafen“, sagt sie.

Alexanderl kommt in einem blauen Pyjama, verbeugt sich und scharrt mit den Pantoffeln. Er war im Krieg rechtzeitig von der Kavallerie zum Train gekommen, studiert jetzt in Paris „Export“ – wie Phöbus sagt – und feiert seinen Urlaub zu Hause.

„Sie wohnen im Hotel Savoy?“ sagt Alexander mit weltmännischer Sicherheit. „Dort wohnt ein schönes Mädchen“ – und er zwinkert mit einem Aug' gegen seinen Vater. „Sie heißt Stasia und tanzt im Varieté – unnahbar, sag' ich Ihnen – ich wollte sie nach Paris mitnehmen“ – er rückt nahe heran – „aber sie geht allein, wenn sie will, sagt sie mir. – Ein feines Mädchen!“

Ich blieb zum Mittagessen. Phöbus' Tochter kam mit dem Mann. Der Schwiegersohn „half im Geschäft“, war ein robuster, gutmütiger, rotblonder, stiernackiger Mensch, löffelte brav seine Suppe, sorgte für Tellersäuberung, schweigsam, unberührt von rollenden Gesprächen.

„Ich denke grade nach“, sagt Frau Regina, „dein blauer Anzug wird Gabriel passen.“

„Ich hab' noch blaue Anzüge?“ fragt Phöbus.

„Ja“, sagt Regina, „ich bring' ihn.“

Ich versuchte vergeblich Abwehr. Alexander klopfte mir auf die Schulter, „ganz richtig“, sagte der Schwiegersohn, und Regina brachte den blauen Anzug. Ich probiere ihn in Alexanders Zimmer, vor dem großen Wandspiegel – er paßt.

Ich sehe ein, sehe die Notwendigkeit eines blauen, „wie neuen“ Anzugs ein, die Notwendigkeit braungetupfter Krawatten, einer braunen Weste, und scheide am Nachmittag mit einem Pappkarton in der Hand. Ich werde wiederkommen. Leise noch singt in mir eine Hoffnung auf Reisegeld.

„Siehst du, jetzt hab' ich ihn ausgestattet“, sagt Phöbus zu Regina.

V

Stasia heißt das Mädchen. Das Programm des Varietés nennt ihren Namen nicht. Sie tanzt auf billigen Brettern vor einheimischen und Pariser Alexanders. Sie macht ein paar Wendungen in einem orientalischen Tanz. Dann setzt sie sich mit verschränkten Beinen vor einen Weihrauchkessel und wartet das Ende ab. Man kann ihren Körper sehn, blaue Schatten unter den Armen, schwellenden Ansatz einer braunen Brust, die Rundung der Hüfte, den Oberschenkel aus plötzlich aufhörendem Trikot.

Es gab eine lächerliche Blechmusik, die Geigen fehlten, und das schmerzte fast. Es gab alte Witzlieder, modrige Späße eines Clowns, einen dressierten Esel mit roten Ohrenläschchen, der geduldig auf und ab trippelte, weiße Kellner, die wie Bierkeller rochen, mit überschäumenden Krügen zwischen dunklen Reihen, der Glanz eines gelben Scheinwerfers fiel schräg aus willkürlicher Deckenöffnung, ein finsterer Bühnenhintergrund schrie wie ein aufgerissener Mund, der Ansager krächzte, Bote trauriger Kunden.

Am Ausgang warte ich; es ist wieder wie einst; als wartete ich, ein Knabe, im Seitengäßchen, gedrückt in den Schatten eines Haustors und in ihn verfließend, bis rasche, junge Tritte erschallen, aus dem Pflaster erblühen, wunderbar aus unfruchtbaren Kieselsteinen.

Mit Frauen und Männern kam Stasia daher, die Stimmen rannen durcheinander.

Lange war ich einsam unter Tausenden gewesen. Jetzt gibt es tausend Dinge, die ich teilen kann: den Anblick eines krummen Giebels, ein Schwalbennest im Klosett des Hotels Savoy, das irritierende, biergelbe Aug' des alten Liftknaben, die Bitterkeit des siebenten Stockwerks, die Unheimlichkeit eines griechischen Namens, eines plötzlich lebendigen grammatikalischen Begriffs, die traurige Erinnerung an einen boshaften Aorist, an die Enge des elterlichen Hauses, die plumpe Lächerlichkeit Phöbus Böhlaugs und Alexanderls Lebensrettung durch den Train. Lebendiger wurden die lebendigen Dinge, häßlicher die gemeinsam verurteilten, näher der Himmel, untenan die Welt.

Die Tür des Fahrstuhls war offen, Stasia saß da. Ich verbarg meine Freude nicht, wir wünschten einander guten Abend wie alte Bekannte. Ich empfand den unvermeidlichen Liftboy bitter, er tat, als wüßte er nicht, daß ich im sechsten Stock aussteigen mußte, fuhr uns beide in den siebenten; hier stieg Stasia aus, verschwand in ihrem Zimmer, während der Liftmann noch wartete, als müßte er hier Passagiere mitnehmen: Wozu wartet er mit gelben Hohnaugen?

Ich gehe also langsam die Treppe hinab, lausche, ob der Fahrstuhl sich in Bewegung setzt; endlich, ich bin in der Mitte, höre ich des Fahrstuhls glucksendes Geräusch und kehre um. Auf der obersten Stiege schickt sich der Liftmensch gerade an hinunterzusteigen. Er hat den Fahrstuhl leer laufen lassen und geht mit langsamer Bosheit zu Fuß.

Stasia hat wahrscheinlich mein Klopfen erwartet.

Ich will mich entschuldigen.

„Nein, nein", sagt Stasia. „Ich hätte Sie schon früher eingeladen, aber ich hatte Angst vor Ignatz. Er ist der Gefährlichste im Hotel Savoy. Ich weiß auch, wie Sie heißen, Gabriel Dan, und kommen aus der Gefangenschaft – ich hielt Sie gestern für einen – Kollegen – Artisten –" sie zögert – vielleicht fürchtet sie, mich zu beleidigen? Ich war nicht beleidigt. „Nein", sagte ich, „ich weiß nicht, was ich bin. Früher wollte ich Schriftsteller werden, aber ich ging in den Krieg, und ich glaube, daß es keinen Zweck hat zu schreiben. – Ich bin ein einsamer Mensch, und ich kann nicht für alle schreiben."

„Sie wohnen gerade über meinem Zimmer", sagte ich, weil ich doch nichts Schöneres sagen kann.

„Weshalb wandern Sie die ganze Nacht herum?"

„Ich lerne Französisch, ich möchte nach Paris gehn, etwas tun, nicht tanzen. Ein Dummkopf hat mich nach Paris mitnehmen wollen – seither denke ich daran hinzufahren."

„Alexander Böhlaug?"

„Sie kennen ihn? Seit gestern sind Sie hier?"

„Sie kennen ja auch mich."

„Haben Sie auch schon mit Ignatz gesprochen?"

„Nein, aber Böhlaug ist mein Vetter."

„Oh! Entschuldigen Sie!"

„Nein, bitte, bitte, er ist ein Dummkopf!"

Stasia hat ein paar Schokoladerippen, und einen Spirituskocher holt sie aus dem Grunde einer Hutschachtel.

„Das darf niemand wissen. Selbst Ignatz weiß es nicht. Den Spirituskocher verstecke ich jeden Tag woanders. In der Hutschachtel heute, gestern lag er in meinem Muff, einmal zwischen Schrank und Wand. Die Polizei verbietet Spirituskocher im Hotel. Man kann aber doch nur – ich meine unsereins – im Hotel wohnen, und das Hotel Savoy ist das beste, das ich kenne. Sie wollen lange hierbleiben?“

„Nein, ein paar Tage.“

„Oh, dann werden Sie Hotel Savoy nicht kennenlernen, hier nebenan wohnt Santschin mit Familie. Santschin ist unser Clown – wollen Sie ihn kennenlernen?“

Ich will nicht gerne. Aber Stasia braucht Tee.

Die Santschins wohnen gar nicht „nebenan“, sondern am andern Ende des Korridors, in der Nähe der Waschküche. Hier ist der Plafond abschüssig und hängt so tief, daß man fürchtet, gegen ihn zu stoßen. In Wirklichkeit aber erreicht man ihn noch lange nicht – er scheint nur so bedrohlich. Überhaupt verringern sich in dieser Ecke alle Dimensionen, das kommt von dem grauen Dunst der Waschküche, der die Augen betäubt, Distanzen verkleinert, die Mauer anschwellen läßt. Es ist schwer, sich an diese Luft zu gewöhnen, die in ständiger Wallung bleibt, Konturen verwischt, feucht und warm riecht, die Menschen in unwirkliche Knäuel verwandelt.

Auch in Santschins Zimmer ist Dunst, seine Frau schließt eilig die Tür, als wir eintreten, als lauerte draußen ein wildes Tier. Die Santschins, die ein halbes Jahr in diesem Zimmer wohnen, haben schon Übung im raschen Türschließen. – Ihre Lampe brennt mitten in einem grauen Kreis, weckt Erinnerungen an Photographien von Sternbildern, die von Nebeln umgeben sind. Santschin steht auf, schlüpft mit einem Arm in einen dunklen Rock und neigt den Kopf vor, um die Gäste zu erkennen. Sein Kopf scheint aus Wolken herauszuwachsen wie das Haupt einer überirdischen Erscheinung auf frommen Bildern. Er raucht eine lange Pfeife und spricht wenig. Die Pfeife behindert ihn an der Unterhaltung. Sooft er einen halben Satz zusammengebracht hat, muß er innehalten, nach der Stricknadel seiner Frau greifen und im Pfeifenkopf herumstochern. Oder es muß ein neues Streichholz angezündet werden, und es gilt, die Zündholzschachtel zu suchen. Frau Santschin kocht Milch fürs Kind, sie braucht die Streichhölzer ebensohäufig wie ihr Mann. Die Schachtel wandert unaufhörlich von Santschins Seite auf den Waschtisch, wo der Spirituskocher steht, manchmal bleibt sie unterwegs liegen und verschwindet im Nebel spurlos. Santschin bückt sich, wirft einen Sessel um, die Milch kocht, man nimmt sie fort und läßt die Spiritusflamme flackern, bis man etwas anderes zu wärmen „aufgestellt" hat, weil die Gefahr besteht, daß die Streichhölzer überhaupt nicht mehr gefunden werden. Ich empfahl meine eigene Streichholzschachtel abwechselnd dem Herrn und der Frau Santschin – aber niemand wollte sie nehmen, beide suchten eifrig und ließen den Spiritus vergeblich brennen. Endlich erblickte Stasia die Schachtel in einer Falte der Bettdecke.

Eine Sekunde später sucht Frau Santschin nach den Schlüsseln, um den Tee aus dem Koffer zu holen – aus dem Kasten konnte er „immerhin" gestohlen werden. „Ich höre irgendwo Klirren", sagt Santschin auf russisch, und wir halten still, um ein Klirren der Schlüssel zu erhaschen. Aber nichts regt sich. „Sie können ja auch nicht von selbst klirren", schreit Santschin. „Ihr müßt euch alle bewegen, dann melden sie sich schon!" Aber sie meldeten sich erst, als Frau Santschin einen Milchfleck auf ihrer Bluse entdeckte und rasch nach der Schürze griff, um eine Wiederholung zu vermeiden. Es stellt sich heraus, daß die Schlüssel in der Schürzentasche lagen. Und im Koffer ist kein Stäubchen Tee mehr. „Ihr sucht den Tee?" fragt Santschin plötzlich, „den hab' ich heute früh verbraucht!"

„Warum sitzt du da wie ein Klotz und sagst kein Wort?" schreit seine Frau.

„Erstens habe ich nicht geschwiegen", sagt Santschin, der ein Logiker ist, „und zweitens fragt mich ja auch niemand. Ich bin nämlich, müssen Sie wissen, Herr Dan, der Letzte hier im Hause."

Frau Santschin hatte eine Idee: Man könnte Tee kaufen bei Herrn Fisch, wenn er nicht grade schlief. Daß er etwas Tee herleihen würde, bestand keine Aussicht. „Mit Nutzen“ würde er gern verkaufen. „Gehn wir zu Fisch“, sagt Stasia.

Fisch muß man erst wecken. Er wohnt im letzten Zimmer des Hotels, Nummer 864, umsonst, weil die Kaufleute und Industriellen des Ortes und die vornehmen Parterregäste des Hotels Savoy für ihn zahlen. Es geht die Sage, daß er einmal verheiratet, angesehen, Fabrikant und reich gewesen war. Nun hat er alles unterwegs verloren, aus Nachlässigkeit – wer kann's wissen. Er lebt von geheimer Wohltätigkeit, aber er gibt es nicht zu, sondern nennt sich „Lotterieträumer“. Er besitzt die Fähigkeit, Lotterienummern zu träumen, die unbedingt eintreffen müssen. Er schläft den ganzen Tag, läßt sich Nummern träumen und setzt. Aber noch ehe sie gezogen sind, hat er wieder geträumt. Er verkauft sein Los, ersteht für den Erlös ein neues, das alte gewann, das neue nicht. Viele Menschen sind durch Fischs Träume reich geworden und wohnen im ersten Stock des Hotel Savoy. Aus Dankbarkeit bezahlen sie für Fisch das Zimmer.

Fisch – sein Vorname ist Hirsch – lebt in steter Angst, weil er einmal irgendwo gelesen hat, daß die Regierung das Lotteriespiel aufheben und „Klassenlose“ einführen will.

Hirsch Fisch muß „schöne Nummern“ geträumt haben, es dauert lange, ehe er aufsteht. Er läßt niemanden in sein Zimmer, begrüßt mich im Korridor, hört Stasias Wunsch an, schlägt die Tür wieder zu und öffnet sie nach einer geraumen Weile, mit einem Teepäckchen in der Hand.

„Wir verrechnen das, Herr Fisch“, sagt Stasia.

„Guten Abend“, sagt Fisch und geht schlafen.

„Wenn Sie Geld haben“, rät Stasia, „kaufen Sie bei Fisch ein Los“ und sie erzählt mir von den wunderbaren Träumen des Juden.

Ich lache, weil ich mich schäme, den Wunderglauben zuzugeben, dem ich leicht verfalle. Aber ich bin entschlossen, ein Los zu kaufen, wenn Fisch mir etwas anbieten würde.

Die Schicksale Santschins und Hirsch Fischs beschäftigten mich. Alle Menschen schienen hier von Geheimnissen umgeben. Träumte ich das? Den Dunst der Waschküche? Was wohnte hinter der, hinter jener Tür? Wer hatte dieses Hotel erbaut? Wer war Kaleguropulos, der Wirt?

„Kennen Sie Kaleguropulos?“

Stasia kannte ihn nicht. Niemand kannte ihn. Niemand hatte ihn gesehn. Aber wenn man Zeit und Lust hatte, konnte man sich einmal aufstellen, wenn er gerade inspizieren kam, und ihn anschaun.

„Glanz hat es einmal versucht“, sagte Stasia, „hat aber keinen Kaleguropulos gesehn. Übrigens sagt Ignatz, daß morgen Inspektion ist.“

Noch ehe ich die Treppe hinabsteige, holt mich Hirsch Fisch ein. Er ist im Hemd und in langen weißen Unterhosen und hält steif vor den Leib hingestreckt ein Nachtgeschirr. Groß und hager, sieht er im dämmerigen Zwielicht wie ein Auferstandener aus. Seine grauen Bartstoppeln drohen wie kleine, scharfe Spieße. Seine Augen liegen tief, beschattet von mächtigen Backenknochen.

„Guten Morgen, Herr Dan! Glauben Sie, daß die Kleine mir den Tee bezahlen wird?“

„Wahrscheinlich doch!“

„Hören Sie, ich habe Nummern geträumt! Eine sichere Terz! Ich setz' heute! Haben Sie gehört, daß die Regierung die Lotterie abschaffen will?“

„Nein!“

„Es wär' ein großes Unglück, sag' ich Ihnen. Von was lebt das kleine Volk? Von was wird man reich? Soll man warten, bis eine alte Tante stirbt? Ein Großvater? Und dann steht im Testament: das Ganze fürs Waisenhaus.“

Fisch redet, das Nachtgeschirr vor sich haltend, er scheint es vergessen zu haben. Ich werfe einen Blick darauf, er bemerkt es.

„Wissen Sie, ich erspar' mir Trinkgelder. Was brauch' ich den Zimmerkellner bei mir? Ich mach' mir selbst Ordnung. Die Menschen stehlen wie die Raben. Allen ist schon was gestohlen worden. Mir nicht! Ich mach' mir selbst Ordnung. Heute, hat der Ignatz gesagt, ist Revision. Ich geh' immer weg, wer nicht da ist, ist nicht da. Wenn Kaleguropulos etwas nicht richtig findet, kann er mich nicht herstellen. Bin ich sein Rekrut?“

„Kennen Sie den Wirt?“

„Wozu soll ich ihn kennen? Ich bin nicht neugierig auf die Bekanntschaft. Haben Sie das Neueste gehört: Bloomfield kommt!“

„Wer ist das?“

„Bloomfield kennen Sie nicht? Bloomfield ist ein Kind dieser Stadt, Milliardär in Amerika. Die ganze Stadt ruft: Bloomfield kommt! Ich hab' mit seinem Vater gesprochen, wie ich hier mit Ihnen rede, so wahr ich leb'.“

„Entschuldigen Sie, Herr Fisch, ich will noch ein bißchen schlafen!“

„Bitte, schlafen Sie! Ich muß Ordnung machen.“ Fisch geht der Toilette entgegen. Aber unterwegs, ich war schon auf der Stiege, rannte er zurück:

„Glauben Sie, daß sie zahlen wird?“

„Ganz gewiß.“

Ich öffnete die Tür meines Zimmers und glaubte noch einmal, wie gestern, einen huschenden Schatten zu sehn. Ich war zu müde, um nachzusehen. Ich schlief, bis die Sonne hoch im Mittag stand.

VI

Es klang wie ein Schlachtruf durchs Haus: Kaleguropulos kommt! Er kam immer am Vorabend, ehe die Sonne verschwand. Geschöpf der Dämmerung war er, Herr der Fledermäuse.

Weiber standen in den drei höchsten Stockwerken verteilt und scheuerten die großen Quadersteine. Man hört Geräusch pantschender

Staubfetzen, die in gefüllte Kübel fallen, Schrubbern eines harten Besens und besänftigendes Gleiten trockener Tücher über den Korridor. Ein Zimmerkellner reibt, gelbes Säurefläschchen in der Hand, an den Klinken.

Leuchter blinken, Druckknöpfe und Türleisten, verstärkter Dunst quillt aus der Waschküche und stiehlt sich ins sechste Stockwerk. Auf schwankenden Leitern ragen dunkelblaue Männer gegen den Suffit und tasten Drahtleitungen mit behandschuhten Händen ab. An breiten Gurten hängen Mädchen mit wehenden Schößen wie lebendige Fahnen zu den Fenstern hinaus, Scheiben putzend. Aus dem siebenten Stock sind alle Einwohner verschwunden, offen stehn die Türen, dargeboten ist dem Blick alle kümmerliche Häuslichkeit, eilig zusammengeraffte Bündel, Haufen von Zeitungspapier über verbotenen Gegenständen.

In den vornehmen Stockwerken tragen die Zimmermädchen prachtvoll gesteifte Nonnenhauben, duften nach Stärke und feierlicher Aufregung wie Sonntag morgens. Ich wundere mich, daß keine Kirchenglocken läuten. Unten stäubt jemand mit einem Taschentuch die Palmen ab, es ist der Direktor selbst, sein Auge sieht einen Lederfauteuil, dessen Sitz Risse aufweist und Eingeweide aus Holzwolle verrät. Flugs legt der Portier einen Teppich darüber.

Zwei Buchhalter stehn an hohen Kontorpulten und machen Auszüge. Einer blättert im Katasterkasten. Der Portier trägt eine neue Goldborte um den Mützenrand. Ein Diener tritt aus einem kleinen Gelaß in einer neuen grünen Schürze, blühend wie ein Stück Frühlingswiese. Im Vestibül sitzen dicke Herren, rauchend und Schnäpse trinkend, von hurtigen Kellnern umgaukelt.

Ich bestelle einen Schnaps und setze mich an einen Tisch am äußersten Rand des Vestibüls, hart neben dem Läufer, über den Kaleguropulos ja kommen muß. Ignatz kam vorbei, nickte, freundlicher als sonst, ruhig, mit einer Würde, die einem Liftboy gar nicht anstand. Er schien als einziger in diesem Hause Ruhe bewahrt zu haben, seine Kleidung wies keine Veränderung auf, sein glattrasiertes Gesicht, bläulich schimmernd am Kinn, war heute genauso pastorenhaft wie immer.

Ich wartete eine halbe Stunde. Plötzlich sah ich Bewegung vorn in der Portierloge, der Direktor griff nach dem Kassabuch, schwenkte es hoch wie ein Signal und rannte die Treppe hinauf. Ein dicker Gast ließ das Schnapsglas, das er halb erhoben hatte, wieder stehn und fragte seinen Nebenmann: „Was ist los?" Der, ein Russe, sagte gleichmütig: „Kaleguropulos ist im ersten Stock."

Wie war er gekommen?

In meinem Zimmer, auf dem Nachtkästchen, fand ich eine Rechnung mit aufgedrucktem Vermerk:

„Die geehrten Gäste werden höfl. ersucht, in bar zu zahlen. Schecks werden prinzipiell nicht angenommen.

Hochachtungsvoll
Kaleguropulos, Hotelwirt"

Der Direktor kam nach einer Viertelstunde und bat um Entschuldigung, es wäre ein Versehen und die Rechnung für einen Gast bestimmt, der darum gebeten hatte. Der Direktor schied, er war aufrichtig erschrocken, seine Entschuldigungen nahmen kein Ende, es war, als hätte er einen Unschuldigen zum Tode verurteilt, so überwältigte ihn die Reue. Er verbeugte sich noch einmal, zum letztenmal, tief, die Türklinke in der Hand, die Rechnung bergend, verschämt, in den Schößen seines Cuts.

Später belebte sich das Haus, ein Bienenstock, in den die Bewohner mit süßer Beute einschwärmen. Hirsch Fisch kam und die Familie Santschin und viele andere, die ich nicht kannte, auch Stasia kam. Sie hatte Angst, in ihr Zimmer zu gehn.

„Weshalb fürchten Sie sich?"

„Es ist eine Rechnung da", sagte Stasia, „und ich kann sie doch nicht bezahlen, Ignatz wird wieder mit dem Patent kommen müssen."

Was das für ein Patent wäre?

„Später", sagte Stasia. Sie ist sehr aufgeregt, sie trägt eine dünne Bluse, und ich sehe ihre kleinen Brüste.

Auf ihrem Nachtkästchen lag eine Rechnung. Sie war ansehnlich; wenn ich sie bezahlen wollte, hätte sie mehr als die Hälfte meiner Barschaft verschlungen.

Stasia erholte sich leicht. Vor dem Spiegel entdeckt sie einen Blumenstrauß, Nelken und Sommerblumen.

„Die Blumen sind von Alexander Böhlaug“, sagt sie, „aber ich schicke niemals Blumen zurück. Was können sie dafür?“

Dann schickt sie um Ignatz.

Ignatz kam, mit forschendem Gesicht, und verbeugte sich tief vor mir. „Ihr Patent, Ignatz“, sagt Stasia.

Ignatz zieht eine Kette aus der Hosentasche und greift nach einem Toilettenköfferchen vor dem Spiegel.

„Das dritte“, sagt Ignatz und legt die Kette vierfach um den Koffer. Er hat dabei ein wollüstiges Gesicht, als fesselte er Stasia und nicht ihr Gepäck. Er hängt an die Kettenenden ein kleines Schloß, faltet die Rechnung und birgt sie in seiner abgegriffenen Brieftasche.

Ignatz leiht jedem Geld, der Koffer hat. Er bezahlt die Rechnungen der Parteien, die ihm ihre Gepäckstücke verpfänden. Die Koffer bleiben in den Zimmern ihrer Besitzer, sie sind von Ignatz versperrt und können nicht geöffnet werden. Das Patentschloß hat Ignatz selbst erfunden. Er kommt jeden Morgen nachsehn, ob „seine“ Koffer unberührt sind.

Stasia begnügt sich mit zwei Kleidern. Drei Koffer hat sie verpfändet. Ich beschließe, einen Koffer zu kaufen, und ich denke, daß es gut wäre, das Hotel Savoy schnell zu verlassen.

Mir gefiel das Hotel nicht mehr: die Waschküche nicht, an der die Menschen erstickten, der grausam wohlwollende Liftknabe nicht, die drei Stockwerke Gefangener. Wie die Welt war dieses Hotel Savoy, mächtigen Glanz strahlte es nach außen, Pracht sprühte aus sieben Stockwerken, aber Armut wohnte drin in Gottesnähe, was oben stand, lag unten, begraben in luftigen Gräbern, und die Gräber schichteten sich auf den behaglichen Zimmern der Satten, die unten saßen, in Ruhe und Wohligkeit, unbeschwert von den leichtgezimmerten Särgen.

Ich gehöre zu den hoch Begrabenen. Wohne ich nicht im sechsten Stockwerke nur? Nicht acht, nicht zehn, nicht zwanzig? Wie hoch kann man noch fallen? In den Himmel, in endliche Seligkeit?

„Sie sind so weit von hier“, sagt Stasia.

„Verzeihen Sie“, bitte ich, ihre Stimme hat mich gerührt.

VII

Phöbus Böhlaug vergaß nie, auf den blauen Anzug hinzuweisen, er nannte ihn „eine Pracht von einem Anzug“, „wie auf Maß geschnitten“, und lächelte. Einmal traf ich bei meinem Onkel Glanz, Abel Glanz, einen kleinen, schäbig gekleideten, unrasierten Menschen, der furchtsam zusammensank, wenn man ihn ansprach, und die Fähigkeit hatte, automatisch kleiner zu werden, durch irgendeinen rätselhaften Mechanismus seiner Natur. Sein dünner Hals mit dem ruhelos rollenden Adamsapfel konnte sich zusammenziehen wie eine Harmonika und im weiten Stehkragen verschwinden. Nur seine Stirn war groß, sein Schädel lichtete sich, seine roten Ohren standen weit ab und erweckten den Eindruck, als hätten sie diese Stellung eingenommen, weil alle Welt sich erlauben durfte, an ihnen zu ziehen. Abel Glanz' kleine Augen sahen mich gehässig an. Er betrachtete mich vielleicht als Rivalen.

Abel Glanz verkehrt seit Jahren in Phöbus Böhlaugs Hause, er ist einer jener ständigen Teegäste, an denen die wohlhabenden Häuser der Stadt zugrunde zu gehn fürchten und die sie abzuschaffen niemals den Mut finden.

„Trinken Sie einen Tee“, sagte Phöbus Böhlaug.

„Nein, danke!“ sagt Abel Glanz. „Ich bin mit Tee gefüllt wie ein Samowar. Das ist schon der vierte Tee, den ich ablehnen muß, Herr Böhlaug. Ich trinke, seitdem ich das Besteck fortgelegt habe, fortwährend Tee. Nötigen Sie mich nicht, Herr Böhlaug!“

Böhlaug läßt sich nicht bekehren:

„So einen guten Tee haben Sie in Ihrem ganzen Leben nicht getrunken, Glanz."

„Aber was denken Sie, Herr Böhlaug! Ich war einmal bei der Fürstin Basikoff geladen, Herr Böhlaug, vergessen Sie das nicht!" sagt Abel Glanz, so drohend, wie es ihm möglich ist.

„Und ich sage Ihnen, selbst die Fürstin Basikoff hat so einen Tee nicht getrunken, fragen Sie meinen Sohn, ob man in ganz Paris so einen Tee bekommt!"

„So, meinen Sie?" sagt Abel Glanz und tut, als ob er überlegte.

„Dann kann man ja kosten, kosten kann niemals schaden." Und rückt mit seinem Stuhl in die Nähe des Samowars.

Abel Glanz war Souffleur in einem rumänischen kleinen Theater gewesen, aber er fühlte sich zum Regisseur berufen und hielt es in seinem Kasten nicht aus, wenn er zusehn mußte, wie die Leute „Fehler" machten. Glanz erzählte jedem Menschen seine Geschichte. Es war ihm eines Tages gelungen, probeweise Regie zu führen. Eine Woche später wurde er eingezogen und kam in die Sanitätsgruppe, weil ein Feldwebel den Beruf „Souffleur" für etwas Medizinisches gehalten hatte.

„So spielt der Zufall mit den Menschen", schloß Abel Glanz.

„Glanz wohnt ja auch im Savoy", sagte Phöbus Böhlaug einmal, und es schien mir, als wollte der Onkel einen Vergleich anstellen zwischen dem Souffleur und mir. Für Phöbus Böhlaug gehörten wir beide zusammen, wir waren irgendwo „Künstler", irgendwo halbe Schnorrer, obwohl man gerecht zugeben mußte, daß der Souffleur sich redliche Mühe gab, einen anständigen Beruf zu ergreifen. Er wollte Kaufmann werden, und das wurde man am besten, indem man „Geschäfte machte".

„Siehst du, Glanz macht ganz gute Geschäfte", sagt Onkel Phöbus.

„Was für Geschäfte?"

„Mit Valuta", sagt Phöbus Böhlaug, „gefährlich ist es, aber sicher. Es ist eine Glückssache. Wenn einer keine glückliche Hand hat, soll er nicht anfangen. Aber wenn einer Glück hat, kann er in zwei Tagen Millionär sein."

„Onkel", sagte ich, „warum handeln Sie nicht mit Valuta?"

„Gott behüte", schreit Phöbus, „mit der Polizei will ich nichts zu tun haben! Wenn man gar nichts hat, handelt man mit Valuta."

„Phöbus Böhlaug soll mit Valuta handeln?" fragt Abel Glanz. Und diese Frage kommt aus tiefer Empörung.

„Es ist nicht leicht, mit Valuta zu handeln", sagt Abel Glanz. „Man setzt sein Leben aufs Spiel – es ist ein jüdisches Schicksal. Man läuft den ganzen Tag herum. Brauchen Sie rumänische Leis, bietet Ihnen jeder Schweizer Franken. Brauchen Sie Schweizer Franken, gibt ihnen jeder Leis. Es ist eine verzauberte Geschichte. Ihr Onkel sagt, ich mache gute Geschäfte? Ein reicher Mann glaubt, jeder macht gute Geschäfte."

„Wer hat Ihnen gesagt, daß ich ein reicher Mann bin?" sagt Phöbus.

„Wer soll mir das sagen? Das braucht man mir nicht zu erzählen. Die ganze Welt weiß, daß die Unterschrift Böhlaugs Geld wert ist."

„Die Welt lügt!" schreit Böhlaug, und seine Stimme springt in eine hohe Tonlage. Er schrie, als hätte ihn „die Welt" eines großen Verbrechens bezichtigt.

Alexanderl trat ein, im neumodischen Anzug, ein gelbes Netz über dem glattfrisierten Kopf. Er duftete nach allerlei, nach Mundwasser und Brillantine und rauchte eine süßparfümierte Zigarette.

„Es ist keine Schande, Geld zu haben, Vater", sagt er.

„Nicht wahr?" rief Glanz freudig. „Ihr Vater schämt sich." Phöbus Böhlaug goß neuen Tee ein. „So sind eigene Kinder", jammerte er. Phöbus Böhlaug ist in diesem Augenblick ein ganz alter Mann. Aschgrau das Angesicht, Runzelnetze auf den Augenlidern, die Schultern vorgeneigt, als hätte ihn jemand verwandelt.

„Wir leben alle nicht gut“, sagt er. „Man arbeitet und schindet sich ein ganzes Leben, und dann wird man begraben.“

Es ist plötzlich sehr ruhig geworden. Auch dämmert der Abend schon.

„Man muß Licht machen!“ sagt Böhlaug.

Das war für Glanz gesagt.

„Ich gehe schon, besten Dank für den guten Tee!“

Phöbus Böhlaug gibt ihm die Hand und sagt zu mir:

„Komm du auch nicht so selten!“

Glanz führte mich durch unbekannte Gäßchen, an Höfen vorbei, verwahrlosten Gehöften, freien Plätzen, auf denen Schutt und Mist lagerte, Schweine grunzten, mit kotigen Mäulern Atzung suchend. Grüne Fliegenschwärme summten um Haufen dunkelbraunen Menschenkotes. Die Stadt hatte keine Kanäle, es stank aus allen Häusern, und Glanz prophezeite plötzlich Regen aus allerlei Gerüchen.

„So sind unsere Geschäfte“, sagt Glanz. „Böhlaug ist ein reicher Mann mit einem kleinen Herzen. Sehen Sie, Herr Dan, die Menschen haben kein schlechtes Herz, nur ein viel zu kleines. Es faßt nicht viel, es reicht gerade für Frau und Kind.“

Wir kommen in eine kleine Gasse. Da stehen Juden, spazieren in der Straßenmitte, haben Regenschirme, lächerlich gewickelte, mit krummen Krücken. Sie stehn entweder still mit sinnenden Gesichtern oder gehen hin und zurück, unaufhörlich. Hier verschwindet einer, dort kommt ein anderer aus einem Haustor, sieht forschend nach links und rechts und beginnt zu schlendern.

Wie stumme Schatten gehen die Menschen aneinander vorbei, es ist eine Versammlung von Gespenstern, längst Verstorbene wandeln hier. Seit Tausenden Jahren wandert dieses Volk in engen Gassen.

Wenn man näher kommt, kann man sehn, wie zwei stehenbleiben, eine Sekunde lang murmeln und aneinander vorbeigehen, ohne Gruß, um sich nach wenigen Minuten wieder zu treffen und einen halben Satz zu murmeln.

Ein Polizist erscheint, mit gelben, knarrenden Stiefeln, schlenkerndem Säbel schreitet er gerade durch die Straßenmitte, an ausweichenden Juden vorbei, die ihn grüßen, ihm etwas zurufen, lächeln. Kein Gruß, kein Zuruf hält ihn auf, wie ein aufgezogener Mechanismus schreitet er seine Straße ab, mit abgemessenen Schritten. Seine Wanderung hat keinen einzigen erschreckt.

„Streimer kommt“, flüstert jemand an Abel Glanz' Seite, und da ist auch schon Jakob Streimer.

In dem Augenblick entzündet ein blaugekittelter Mann eine Gaslaterne, und es sieht aus, als wäre dies zu Ehren des Gastes geschehn.

Abel Glanz wird unruhig, alle Juden werden es.

Jakob Streimer wartet am Straßenende, prachtvoller noch als der Polizist erwartet er die Menge, die herankommt, wie ein morgenländischer Fürst eine Abordnung bittender Untertanen. Er trägt eine goldene Brille, einen gepflegten, braunen Backenbart und einen Zylinder. Es sprach sich bald herum, daß Jakob Streimer deutsche Reichsmark brauche.

Abel Glanz trat in einen Laden, in dem eine Frau scheinbar auf Kunden wartete. Die Frau verließ ihren Posten, eine Tür ging, ein Glöckchen schrillte, ein Mann trat aus dem Laden.

Glanz kam zurück, strahlend: „Ich habe Mark zu elf drei achtel. Wollen Sie sich beteiligen? Streimer zahlt zwölf dreiviertel.“

Ich will fragen, Glanz fährt mit seiner Hand in meine Brusttasche, mit unheimlicher Sicherheit zieht er die Geldtasche, nimmt alle Scheine, steckt mir ein Bündel zerknüllter Banknoten in die Hand und sagt:

„Kommen Sie.“

„Zehntausend“, sagt er und bleibt vor Jakob Streimer stehn.

„Dieser Herr?“ fragt Streimer.

„Ja, Herr Dan." Streimer nickte.

„Savoy", sagte er.

„Gratuliere, Herr Dan", sagt Glanz, „Streimer hat Sie eingeladen."

„Wieso?"

„Haben sie nicht gehört? ›Savoy‹ hat er gesagt. – Gehn wir!" – „Wenn Ihr Onkel Phöbus Böhlaug ein weites Herz hätte, könnten Sie hingehn, Geld borgen, deutsche Mark kaufen – haben Sie in zwei Stunden hunderttausend verdient. Aber er gibt Ihnen nichts. So haben Sie nur fünf verdient."

„Das ist auch viel."

„Nichts ist viel. Viel ist eine Milliarde", sagt Glanz träumerisch. „Es gibt heutzutage kein Viel. Weiß man, was morgen sein wird? Morgen ist Revolution. Übermorgen kommen die Bolschewiken. Die alten Märchen sind wahr geworden. Sie bewahren heute hunderttausend im Schrank und gehn morgen hin, und es sind nur fünfzigtausend. Solche Wunder geschehn heutzutage. Wenn nicht einmal das Geld noch Geld ist! Was wollen Sie mehr?"

Wir kamen ins Savoy, Glanz öffnete eine kleine Tür am Ende des Korridors, da stand Ignatz.

Es war eine Bar in einem dunkelrot getünchten Raum. Eine rothaarige Frau stand hinter dem Bartisch, und ein paar geputzte Mädchen saßen verstreut an kleinen Tischen und sogen Limonade durch dünne Strohhalme.

Glanz grüßte. „Guten Tag, Frau Kupfer", und stellte vor: „Herr Dan – Frau Jetti Kupfer, die Alma mater."

„Das ist Lateinisch", sagt er zu Frau Kupfer.

„Ich weiß, Sie sind ein gebildeter Mann", sagt Frau Kupfer, „aber Sie müssen mehr verdienen, Herr Glanz."

„Jetzt rächt sie sich für mein Latein." Glanz schämt sich.

Es war halbdunkel im Raum, in einer Ecke brannte rötlich eine Ampel, ein schwarzer Flügel stand vor einer kleinen Bühne.

Ich trank zwei Schnäpse und glitt in einen Lederfauteuil. Vor dem Bartisch saßen Herren und aßen Kaviarbrötchen. Ein Klavierspieler setzte sich an das Instrument.

VIII

Wir sitzen an kleinen Tischen, Verbindung besteht zwischen allen, es ist eine große Familie. Frau Jetti Kupfer läutet mit einem silbernen Glöckchen, und nackte Frauen treten auf die Bühne. Es wird still und dunkel, man schiebt Stühle zurecht und sieht auf die Bretter. Die Mädchen sind jung und weiß gepudert. Sie tanzen schlecht, winden sich nach der Melodie, jedes, wie ihm gefällt. Unter allen – es sind zehn – fällt mir eine dünne Kleine auf, die mühsam überpuderte Sommersprossen hat und erschrockene blaue Augen. Ihre schmalen Knöchel sind gebrechlich, ihre Bewegungen ungelenk und furchtsam, mit den Händen versucht sie vergeblich, ihre Brüste zu schützen, die klein und spitz sind und fortwährend zittern wie junge, frierende Tiere.

Dann läutet Frau Jetti wieder das silberne Glöckchen, der Tanz hört auf, der Klavierspieler schlägt einen Donnerwirbel, das Licht brennt hell, und die Mädchenkörper weichen gleichmäßig einen halben Schritt zurück, als hätte sie erst das aufflammende Licht entkleidet. Sie wenden sich, um im Gänsemarsch abzutrippeln, und Frau Jetti ruft:

„Toni!"

Toni kam, die kleine Sommersprossige, Frau Jetti Kupfer verließ den Bartisch, kam hinunter wie aus Wolken, sie verbreitet einen starken Parfüm- und Likörgeruch und stellt vor: „Fräulein Toni, unsere Neueste!"

„Brav!" schrie ein Herr, es war Herr Kanner, ein Anilinfabrikant, wie mir Glanz erklärte. „Tonka", sagte er und knipste mit Daumen und Zeigefinger wohlgelaunt, streckte die Linke aus und tastete nach Tonkas Hüfte.

„Wo stecken die Mädchen?!" schrie Jakob Streimer, „was ist das überhaupt für eine Bedienung? Hier sitzen die Herren Neuner und

Anselm Schwadron, sie werden behandelt wie – ich sag' nicht wer ...“ Ignatz glitt durch den Raum und brachte fünf der nackten Mädchen, verteilte sie auf fünf Tische. Frau Kupfer sagte: „Wir haben nicht mit so viel Gästen gerechnet.“

Anselm Schwadron und Philipp Neuner, die Fabrikanten, standen gemeinsam auf, winkten zwei Mädchen heran und bestellten Prünelle gemischt.

Ein Gast trat ein, von allen mit großem Geschrei begrüßt, die Mädchen schienen vergessen, sie saßen auf kleinen Stühlchen wie abgelegte Gegenstände.

Der Gast ruft: „Bloomfield ist heute in Berlin!“

„In Berlin“, wiederholen alle.

„Wann kommt er?“ fragt der Anilinfabrikant Kanner.

„Er kann jeden Tag eintreffen!“ sagt der Neuangekommene.

„Und grad jetzt müssen meine Arbeiter streiken“, sagt Philipp Neuner, der ein Deutscher ist, groß, rotblond, stiernackig, mit einem runden, starken Kindergesicht.

„Einigen Sie sich, Neuner!“ ruft Kanner.

„20 Prozent Zulage für die Verheirateten?“ fragt Neuner, „können Sie das zahlen?“

„Ich gebe Zulage für jedes neugeborene Kind“, trumpft Kanner auf, „und seitdem ist ein Kindersegen auf meine Arbeiter hereingebrochen. Ich wünsche allen meinen Feinden eine so fruchtbare Arbeiterschaft. Die Kerle legen sich selbst herein, predige ich immer, aber ein Arbeiter verliert den Verstand für zwei Prozent vom Gehalt und macht mir ein Schock Kinder.“

„Sie ihm auch!“ sagt Streimer gelassen.

„Ein Fabrikant ist kein Häusermakler! Merken Sie sich das!“ schnarrt Philipp Neuner. Er hat einmal bei der Garde gedient, als Einjähriger.

„Ein Duellant“, sagt Glanz.

„Mehr als ein Fabrikant“, sagt Streimer, „hier ist nicht Preußen.“

Ignatz stürzt mit einem Telegramm herein. Er weidet sich an dem neugierigen Schweigen der Gesellschaft, zwei, drei Sekunden lang. Dann sagt er leise, daß man ihn kaum versteht:

„Ein Telegramm von Herrn Bloomfield. Er kommt Donnerstag und bestellt Nummer 13!“

„13? – Bloomfield ist abergläubisch“, erklärt Kanner.

„Wir haben nur 12a und 14“, sagt Ignatz.

„Malen Sie eine 13 hin“, sagt Jakob Streimer.

„Ei des Kolumbus! Bravo, Streimer!“ ruft Neuner versöhnt und streckt Streimer die Hand entgegen.

„Ich bin ein Häusermakler“, sagte der und verbarg die Hand in der Hosentasche.

„Keinen Streit bitte“, ruft Kanner, „wenn Bloomfield kommt!“

Ich gehe in den siebenten Stock, mir scheint es plötzlich, daß Stasia mir begegnen muß. Aber Hirsch Fisch tritt mit seinem Nachtgeschirr aus dem Zimmer.

„Bloomfield kommt! Glauben Sie? –“

Ich höre ihn nicht mehr.

IX

Santschin ist plötzlich erkrankt.

„Plötzlich“, sagen alle Leute und wissen nicht, daß Santschin zehn Jahre lang unaufhörlich gestorben ist. Tag für Tag. Im Simbirsker Lager war vor einem Jahr auch einer so plötzlich gestorben. Ein kleiner Jude. Er fiel eines Nachmittags, während er sein Eßgeschirr putzte, hin und war tot. Er lag auf dem Bauch, streckte alle viere von sich und war tot. Damals sagte jemand: „Ephraim Krojanker ist plötzlich gestorben.“

„Nummer 748 ist plötzlich erkrankt", sagen die Zimmerkellner. Es gab in den drei höheren Stockwerken des Hotel Savoy überhaupt keine Namen. Alle hießen nach den Zimmernummern.

Nummer 748 ist Santschin, Wladimir Santschin. Er liegt halb angekleidet auf dem Bett und raucht und will keinen Arzt.

„Es ist eine Familienkrankheit", sagt er. „Es sind die Lungen. Bei mir wären sie vielleicht gesund geblieben, denn als ich geboren wurde, war ich ein starker Kerl und schrie, daß sich die Hebamme Watte in die Ohren stopfen mußte. Aber aus Bosheit und vielleicht, weil kein Platz war in dem kleinen Zimmer, legte sie mich aufs Fensterbrett. Und seitdem huste ich."

Santschin liegt, nur mit einer Hose bekleidet, auf dem Bett, barfuß. Ich sehe, daß seine Füße schmutzig sind und seine Zehen von Hühneraugen und allerlei unnatürlichen Verkrümmungen verunstaltet. Seine Füße erinnern an seltsame Waldwurzeln. Seine großen Zehen sind gekrümmt und bucklig.

Er will keinen Arzt, weil sein Großvater und sein Vater auch ohne Arzt gestorben sind.

Hirsch Fisch kommt und bietet einen heilkräftigen Tee an und hofft, den Tee „preiswert" zu verkaufen.

Als er sieht, daß niemand den Tee will, bittet er mich hinaus: „Vielleicht wollen Sie ein Los kaufen?"

„Geben Sie her", sage ich.

„Die Ziehung ist nächsten Freitag, es sind sichere Nummern." Es waren die Zahlen 5, 8 und 3.

Stasia läuft atemlos herbei, sie hat Ignatz mit dem Lift nicht erwarten können. Ihr Gesicht ist gerötet, Haarsträhnen umflattern es.

„Sie müssen mir Geld geben, Herr Fisch", sagt sie, „Santschin muß einen Arzt haben."

„Dann kaufen Sie auch den Tee", sagt Fisch und sieht mich verstohlen an.

„Ich werde den Arzt bezahlen", sage ich und kaufe den Tee.

„Bleiben Sie ruhig, Herr Santschin", sage ich auf russisch. „Stasia ist um den Arzt gegangen."

„Warum sagt man mir das nicht?" fährt Santschin auf. Ich drücke ihn mühsam aufs Bett. „Man muß die Fenster aufmachen, Weib, hörst du? Man muß den Kübel ausschütten, und die Asche muß verschwinden. Der Doktor wird mir natürlich das Rauchen vorwerfen. Darin sind sich alle Doktoren gleich. Und außerdem bin ich nicht rasiert. Reichen Sie mir mein Messer. Es liegt auf der Kommode."

Aber das Rasiermesser liegt nicht auf der Kommode. Frau Santschin findet es im Nähzeug, weil sie es statt einer Schere benutzt hat, um Hosenknöpfe abzutrennen.

Ich muß Santschin ein Glas Wasser geben; er befeuchtet sein Gesicht, zieht einen Taschenspiegel aus der Hose, hält ihn vor sich in der Linken, verzieht den Mund, streckt die Zunge hinter die rechte Backe, daß sich die Haut strafft, und rasiert sich ohne Seife. Er kratzt sich nur einmal – „weil Sie mir zusehn", sagt er, und ich sehe beschämt in irgendeine Ecke. Dann legt er ein Zigarettenpapier auf die verwundete Stelle.

„Jetzt kann der Doktor kommen."

Den Doktor kannte ich. Er saß täglich im Fünf-Uhr-Saal des Hotels. Er ist Militärarzt gewesen. Man sieht ihm eine lange Dienstzeit an, er hat den festen, klirrenden Gang pensionierter Offiziere, eine gewölbte Brust.

Kleine Sporen trägt er noch, trotz Zivilkleidung und langen Hosen, an den Absätzen. Von seiner gereckten Gestalt, seinen metallenen Augen, seiner starken Stimme geht ein Glanz aus wie von Kaisermanövern.

„Nur der Süden kann Sie retten", sagt der Doktor. „Aber wenn Sie nicht nach dem Süden gehn, muß der Süden zu Ihnen kommen, warten sie." – Der Doktor geht mit klirrendem Schritt auf die Tür zu und klingelt. Er klingelt ausdauernd, spricht, während er mit dem Daumen den Klingelknopf drückt; es dauert einige Minuten, bis der Diener klopft.

Der Zimmerkellner steht in militärischer Haltung vor dem Doktor, der mit seiner schönsten Kommandostimme ruft: „Bringen Sie mir die Weinkarte!“

Es ist eine Weile sehr still im Zimmer; Santschins Augen irren, Rätsel ratend, vom Arzt zu Stasia und zu mir. Dann kommt der Zimmerkellner mit der Weinkarte. „Eine Flasche Malaga und fünf Gläser, auf meine Rechnung!“ kommandiert der Doktor.

„Die einzige Medizin“, sagt er dann mit Bedeutung zu Santschin. „Jeden Tag drei Gläschen Wein, verstehen Sie mich?“

Der Doktor schüttet alle fünf Gläser halb voll und reicht sie uns der Reihe nach. Dabei sehe ich, daß der Doktor alt ist. Seine knochigen Hände haben viele blaue Äderchen und zittern.

„Auf Ihre Gesundheit!“ sagt der Doktor zu Santschin, und wir stoßen alle an. Es ist wie ein fröhlicher Leichenschmaus.

Ich reiche dem alten Doktor Hut und Stock, und Stasia und ich begleiten ihn auf den Korridor.

„Mehr als zwei Flaschen überlebt er nicht“, sagte der Doktor zu uns.

„Na, man braucht es ihm ja nicht zu sagen! Ein Testament braucht er nicht aufzusetzen.“

Der Doktor stieß seinen schweren Stock auf die Steinfliesen und ging mit klirrender Sporenmusik davon. Er wollte kein Geld nehmen.

An diesem Abend begleitete ich Stasia ins Varieté.

Es war immer noch dasselbe Programm. Nur hatte es ein Loch, oder schien es mir so, weil ich wußte, daß Santschin fehlte? Sein Esel trottete auf die Bühne mit roten Läschchen auf den langen Ohren, die er senkte und hob wie Federstiele. Er suchte etwas auf dem Boden, ihm fehlte Santschin, der heitere Santschin, der auf den Brettern kugelnde Körper Santschins, seine heisere, krächzende Stimme, seine glucksenden Juchzer, sein lautes Clowngeplärre. Der Esel fühlte sich unbehaglich, er hob die

Vorderbeine, tanzte, auf den Hinterbeinen stehend, einen Marsch aus Blech und Messing und trottete ab.

Alexanderl Böhlaug traf ich; er saß in der ersten Reihe und aß ein Kaviarbrötchen, hielt es mit Daumen und Mittelfinger und spreizte die Bubenhand. Als die Tanznummer kam und Stasia auftrat, verzog er einen Mundwinkel, als schmerze ihn etwas. Aber es geschah nur, weil er ein Monokel einklemmte.

Dann ging ich mit Stasia nach Hause. Wir wählten stille Gäßchen, wir sahen durch beleuchtete Fenster in Stuben, lauter arme Stuben, in denen kleine Judenkinder Rettich und Brot aßen und ihre Gesichter in große Kürbisse gruben.

„Haben Sie bemerkt, wie traurig August war?“

„Wer ist August?“

„Santschins Esel, er arbeitet schon sechs Jahre mit Santschin.“

„Nun wird das Hotel Savoy um einen ärmer“, sage ich – nur, weil ich mich vor dem Schweigen fürchte.

Stasia sprach nicht – sie erwartete, daß ich etwas anderes sagen würde, und gerade, als wir auf den Marktplatz kommen sollen – wir stehen in der letzten kleinen Gasse –, zögert Stasia ein wenig und wäre gerne noch geblieben.

Wir sprachen kein Wort mehr, bis wir mit Ignatz im Fahrstuhl sitzen. Da schämen wir uns vor seinem Kontrollblick und reden Gleichgültiges.

In dieser Nacht trug Stasia das Bettzeug der Frau Santschin und das Kind in ihr Zimmer und bat mich, bei Santschin zu bleiben. Santschin freute sich. Er dankte Stasia, nahm ihre Hand und meine und preßte unsere Hände.

Es war eine furchtbare Nacht.

Ich entsann mich der Nächte in freien, offenen Schneefeldern, der Wachtpostennächte, der weißen podolischen Schneenächte, in denen ich fror, und jener von Raketen durchblitzten, da der dunkle Himmel von roten, glühenden Wunden zerfurcht war. Aber keine einzige Nacht meines Lebens, auch jene nicht, in der ich selbst zwischen Leben und Tod geschwebt, war so furchtbar.

Santschins Fieber steigt plötzlich und eilig. Stasia bringt in Essig getauchte Tücher, wir legen sie um Santschins Kopf – es hilft nicht.

Santschin phantasiert. Er gibt eine Gratisvorstellung. Er ruft nach August, seinem Esel. Mit zärtlicher Gebärde ruft er nach seinem Esel. Er hält die Hand vor sich, als böte er dem Tier ein Stück Zucker an, wie er es vor jeder Vorstellung tut. Er springt auf und schreit. Er klatscht in die Hände wie im Varieté, um Beifall herauszufordern. Er streckt den Kopf vor, wackelt mit den Ohren, steift sie wie ein Hund und lauscht auf den Applaus.

„Klatschen Sie“, sagt Stasia, und wir klatschen. Santschin verneigt sich. Am Morgen lag Santschin in kaltem Schweiß. Die großen Tropfen wuchsen wie gläserne Beulen aus seiner Stirn. Es roch nach Essig, Urin, fauler Luft.

Frau Santschin plärrte leise. Sie drückte den Kopf gegen den Türpfosten. Wir ließen sie weinen.

Als ich mit Stasia hinausging, sagte uns Ignatz guten Morgen. Er stand im Korridor, so selbstverständlich, als wäre hier sein ständiger Posten und nirgends sonst in der Welt.

„Santschin wird wohl sterben?“ fragt Ignatz.

In diesem Augenblick ist es mir, als hätte der Tod die Gestalt des alten Liftknaben angenommen und stünde nun hier und warte auf eine Seele.

X

Santschin wurde um drei Uhr nachmittags begraben, auf einem entlegenen Teil des orientalischen Friedhofs.

Wer im Winter etwa sein Grab wird besuchen wollen, wird sich mit Spaten und Schaufel mühsam einen Weg bahnen müssen. Alle Armen, die auf Gemeindekosten sterben, werden so weit draußen bestattet, und erst wenn drei Generationen gestorben sind, zeigt jener entlegene Teil des Gottesackers menschliche Wege.

Aber dann wird das Grab Santschins nicht mehr zu finden sein.

Nicht einmal Abel Glanz, der arme Souffleur, wird so weit draußen liegen.

Das Grab Santschins ist kalt und lehmig – ich sah hinein, als er begraben wurde –, und sein Gebein ist schutzlos dem Getier der Erde preisgegeben.

Santschin lag drei Tage aufbewahrt im Varieté, weil das Hotel Savoy ja kein Hotel für Tote ist, sondern für Springlebendige. Er lag hinter der Bühne in einer Garderobezelle, und seine Frau saß bei ihm, und ein armer Küster betete. Der Direktor des Varietés hatte die Kerzen beigesteuert. Die Tänzerinnen mußten an dem toten Santschin vorbei, wenn sie auf die Bühne gingen, die Blechmusik machte ihren Lärm wie gewöhnlich, auch der Esel August kam, aber Santschin rührte sich nicht.

Von den Gästen wußte niemand, daß hinter dieser Bühne ein Toter lag. Die Polizei hatte es erst verbieten wollen, aber ein Polizeioffizier, der immer Freiplätze bekam – seine Verwandtschaft füllte ein Viertel des Saales –, brachte die Bewilligung.

Vom Varieté aus ging der Leichenzug, der Direktor bis an den Rand der Stadt, wo die Schlachthöfe stehen – in dieser Stadt wurden die Toten den gleichen Weg geführt wie das Vieh. Die Kollegen, Stasia und ich und die Frau Santschins folgten bis zum Grab.

Als wir das Tor des Friedhofs erreicht hatten, stand Xaver Zlotogor da, der Magnetiseur, und zankte mit dem Friedhofsverwalter. Zlotogor hatte den Esel Santschins unbemerkt an das offene Grab geführt und dort warten lassen.

„So kann er nicht begraben werden!“ schrie der Verwalter.

„So wird er begraben werden!“ sagte Zlotogor.

Es gab einen kleinen Aufenthalt, der Pope sollte entscheiden, und da ihm Xaver Zlotogor etwas zuflüsterte, entschied er, daß das Tier bleiben könne.

Der Esel stand mit schwarzen Trauerläschchen auf den gesenkten Ohren und rührte sich nicht. Hart am Grabesrand stand er und rührte sich nicht, und jeder ging um ihn herum und wagte nicht, das Tier wegzuschieben.

Mit Xaver Zlotogor und dem Esel ging ich zurück, auf den breiten, kiesbestreuten Wegen des Friedhofs, an vornehmen Grabmälern vorbei. Hier liegen die Toten aller Bekenntnisse nicht weit voneinander, nur der jüdische Friedhof ist durch zwei Zäune getrennt. Bettelnde Juden stehen am Zaun und in den Alleen den ganzen Tag wie menschliche Zypressen. Sie leben von der Gnade reicher Erben und schütten über jeden Geber ihre Segenssprüche.

Ich mußte Xaver Zlotogor meine Anerkennung ausdrücken, er hatte tapfer für den Esel gekämpft. Ich kannte den Magnetiseur noch gar nicht, er trat nicht jeden Tag, sondern nur am Sonntag auf oder bei besonderen Anlässen, und sehr oft reiste er „selbständig" durch kleine und größere Städte und gab Vorstellungen.

Er wohnt im Hotel Savoy im dritten Stock. Er kann es sich leisten. Xaver Zlotogor ist ein weitgereister Mann, den Westen Europas kennt er und Indien. Dort hat er seine Kunst von Fakiren gelernt, wie er erzählt. Er mag wohl an die vierzig alt sein, aber man merkt ihm kein Alter an, so gut beherrscht er Gesicht und Bewegungen.

Manchmal glaube ich, er wäre müde, während wir so gehen, ich glaube, seine Knie seien leise geknickt, und weil der Weg weit ist und ich nicht mehr frisch bin, will ich vorschlagen, daß wir uns ein bißchen auf einen Stein setzen. Aber siehe: Xaver Zlotogor springt mit hochgezogenen Knien über den Stein und ein gut Stück darüber in die Luft wie ein vierzehnjähriger Knabe. Er hat in diesem Augenblick ein Knabengesicht, ein olivengrünes, jüdisches Knabengesicht mit schelmischen Augen. Eine

Minute später trägt er einen müden Mund mit hängender Unterlippe, und es ist, als lastete sein Kinn schwer, er muß es auf der Brust stützen.

Xaver Zlotogor wandelt sich so schnell in kurzen Zeiträumen, daß er mir unsympathisch wird, ja, ich muß denken, daß seine ganze edle Geschichte mit dem Esel eine gemeine Komödie war, und es scheint mir, daß dieser Xaver Zlotogor nicht immer so geheißen, daß er vielleicht – der Name taucht plötzlich in mir auf – Salomon Goldenberg geheißen hat in seiner kleinen galizischen Heimat. Merkwürdig, daß sein Einfall, den Esel auf den Friedhof zu führen, mich hatte vergessen lassen, daß er Magnetiseur ist, ein schnöder Zauberer, ein Mann, der das indische Fakirtum für Geld verriet und von den Geheimnissen einer fremden Welt nur so viel wußte, als die Zauberkunststückchen erforderten. Und Gott ließ ihn leben und strafte ihn nicht.

„Herr Zlotogor“, sage ich, „ich muß Sie leider allein lassen, ich habe eine wichtige Unterredung.“

„Mit Herrn Phöbus Böhlaug?“ fragt Zlotogor.

Ich war verblüfft und wollte fragen: Woher wissen Sie – aber ich unterdrückte diese Frage und sagte „nein“ und gleich darauf „Guten Abend“, obwohl es noch gar nicht dämmerte und die Sonne Lust hatte, noch eine geraume Weile am Himmel zu bleiben.

Ich schritt rasch in die entgegengesetzte Richtung, ich sah wohl, daß ich mich nicht der Stadt näherte, hörte, daß mir Zlotogor etwas nachrief, aber wandte mich nicht um.

Bündel gemähten Heus dufteten stark, Grunzen kam aus einem Schweinekoben, Baracken standen verstreut hinter den Hütten, und ihre Dächer aus Weißblech glühten wie schmelzendes Blei. Ich wollte bis zum Abend allein sein. Ich dachte an viele Dinge, alles, Wichtiges und Nebensachen, ging mir durch den Kopf, die Gedanken kamen wie fremde Vögel und flogen wieder davon.

Spät am Abend kehrte ich heim, die Felder und Wege lagen im Dunkel, und die Grillen zirpten. Gelbe Lichter brannten in den Dorfhäusern, und Glocken schlugen.

Das Hotel Savoy schien mir leer. Santschin war nicht mehr da. Zweimal nur war ich in seinem Zimmer gewesen. Aber mir war, als hätte ich einen lieben guten Freund verloren. Was wußte ich von Santschin? Er war ein Clown im Theater und zu Hause traurig, warm und grob, er erstickte im Wäschedunst, jahrelang hatte er den Duft schmutziger fremder Wäsche geatmet – wenn nicht in diesem Hotel Savoy, so doch in andern. In allen Städten der Welt gibt es kleinere oder größere Savoys, und überall in den höchsten Stockwerken wohnen die Santschins und ersticken am Dunst fremder Wäsche.

Das Hotel Savoy war noch voll besetzt – von allen 864 Zimmern stand nicht ein einziges leer, nur ein Mensch fehlte, der einzige Wladimir Santschin.

Ich saß unten im Fünf-Uhr-Saal. Der Doktor lächelte mir zu, als wollte er sagen: Siehst du, wie recht ich hatte, als ich Santschin den Tod prophezeite? Er lächelte, als wäre er die medizinische Wissenschaft und feierte nun seinen Triumph. Ich trank einen Wodka und sah Ignatz an – war er der Tod, oder war er nur ein alter Liftknabe? Was glotzte er mit seinen gelben Bieraugen?

Nun fühlte ich, wie Haß in mir aufstieg gegen das Hotel Savoy, in dem die einen lebten und die andern starben, in dem Ignatz Koffer pfändete und die Mädchen sich nackt ausziehen mußten vor Fabrikanten und Häusermaklern. Ignatz war wie ein lebendiges Gesetz dieses Hauses, Tod und Liftknabe. Ich werde mich nicht durch Stasia verlocken lassen hierzubleiben, denke ich.

Für drei Tage reicht meine Barschaft, weil ich durch Glanz' Hilfe Geld gewonnen habe. Dann wird man mich, wenn ich verhungere, genauso begraben wie den armen Santschin, weit draußen auf dem Jenseits des Friedhofs, in einer lehmigen Regenwürmergrube. Jetzt kriechen die Würmer und Schlangen schon über Santschins Sarg, drei Tage noch, acht oder zehn, und das Holz wird verfaulen und der schwarze, alte Anzug, den ihm jemand geschenkt hat und der schon längst fadenscheinig war.

Hier steht Ignatz mit seinen gelben Bieraugen und fährt hinauf und hinunter mit dem Fahrstuhl und hat auch Santschin zum letztenmal hinuntergefahren.

In dieser Nacht betrat ich mein Zimmer nur noch mit großer Überwindung. Ich haßte das Nachtkästchen, den Lampenschirm, den Druckknopf, ich schmiß einen Sessel um, daß es laut polterte, ich hätte gern den Zettel des Kaleguropulos, der höhnisch an der Tür hing, abgerissen, und ich ging furchtsam ins Bett und ließ die ganze Nacht die Lampen brennen.

Santschin erschien mir im Traum: Ich sehe, wie er in seiner lehmigen Grube aufsteht und sich rasiert – ich reiche ihm einen Wasserkübel, er nimmt Lehm dazu und streicht sein Gesicht mit Lehm an, als wäre es Rasierseife. „Das kann ich“, sagt er und: „Sehen Sie mir nicht zu!“, und ich starre beschämt auf seinen Sarg, der in der Ecke steht.

Dann klatscht Santschin in die Hände, und es erhebt sich ein lautes Beifallsklatschen, das ganze Hotel Savoy klatscht, Kanner und Neuner und Siegmund Fink und Frau Jetti Kupfer.

Vorne steht mein Onkel Phöbus Böhlaug und flüstert mir zu: „Weit hast du's gebracht! Du bist nicht mehr wert als dein Vater! Du Taugenichts!“

XI

Ich wollte gerade das Hotel verlassen, da stieß ich mit Alexanderl Böhlaug zusammen, der einen hellen Filzhut trug. Solch einen schönen Filzhut habe ich in meinem ganzen Leben nicht gesehen, es ist ein Gedicht, ein Hut von einer zartgetönten hellen, unbestimmbaren Farbe, in der Mitte sorgfältig zusammengekniffen. Wenn ich diesen Hut trüge, ich hütete mich wohl zu grüßen, und ich verzeihe es auch, daß Alexanderl nicht grüßt, sondern nur mit dem Zeigefinger an den Hut tippt, salutierend wie ein Offizier, wenn er den Gruß eines Militärkochs erwidert.

Dabei bewundere ich Alexanderls kanariengelbe Handschuhe ebenso wie den Hut – wenn man diesen Menschen sieht, kann man nicht zweifeln, daß er schnurstracks aus Paris kommt, dorther, wo es am stärksten Paris ist.

„Guten Morgen!“ sagt Alexanderl, schläfrig und lächelnd. „Was macht Stasia, Fräulein Stasia?“

„Ich weiß nicht!“

„Sie wissen es nicht? Sind Sie aber lustig! Gestern sind Sie mit der Dame hinter dem Sarg einhergegangen, als wären Sie ihr Cousin.“

„Die Geschichte mit dem Esel ist köstlich“, sagt Alexanderl, zieht einen Handschuh aus und wedelt mit ihm.

Ich schweige.

„Hören Sie, Vetter“, sagt Alexanderl, „ich möchte ein Absteigquartier mieten – im Hotel Savoy. Zu Hause fühle ich mich nicht frei. Manchmal – “

Oh, ich verstehe – Alexanderl legte seine Hand auf meine Schulter und schob mich ins Hotel. Das war mir unangenehm, ich bin abergläubisch und kehre nicht gerne wieder ins Hotel zurück, das ich kaum verlassen habe.

Ich habe keinen Grund, Alexanderl nicht zu folgen, und ich bin neugierig, welche Nummer mein Vetter bekommen wird. Ich überlege, die Zimmer links und rechts von Stasia sind bewohnt.

Es bleibt nur ein Zimmer übrig, in dem Santschin gewohnt hat – seine Frau packt schon und soll zu Verwandten aufs Land.

Einen Augenblick freue ich mich, daß Alexanderl aus Paris in Santschins Wäschedunst wohnen wird – und sei es auch nur ein paar Stunden oder zwei Nächte in der Woche.

„Ich will Ihnen einen Vorschlag machen“, sagt Alexanderl, „ich miete Ihnen ein Zimmer privat oder zahle Ihnen das Logisgeld für zwei Monate – oder wenn Sie unsere Stadt verlassen wollen, das Reisegeld nach Wien,

Berlin, Paris sogar –, und Sie treten mir das Zimmer ab. Ist das ein kulantes Geschäft?“

Dieser Ausweg lag sehr nahe, dennoch überraschte mich meines Vetters Angebot. Nun hatte ich alles, was ich mir wünschte. Weiterreise und Zehrgeld, und ich brauchte nicht mehr auf Phöbus Böhlaugs Wohltat zu rechnen und war ein freier Mensch.

Sehr schnell löste sich jede Verwicklung. Meine Wünsche gingen prachtvoll in Erfüllung. Gestern noch hätte ich eine halbe Seele für ein Reisegeld verkauft, und heute bot mir Alexander Freiheit und Geld.

Dennoch schien es mir, daß Alexander Böhlaug zu spät gekommen war. Ich hätte jubeln sollen, ja sagen, und ich tat nichts dergleichen, sondern machte ein nachdenkliches Gesicht.

Alexander bestellte einen Schnaps um den andern. Aber je mehr ich trank, desto wehmütiger wurde ich, und der Gedanke an Weiterreise und Freiheit schwand ins Nichts.

„Sie wollen nicht, lieber Vetter?“ sagte Alexander – und um zu beweisen, daß es ihm gleichgültig war, begann er, von der Revolution in Berlin zu erzählen, die er zufällig erlebt hatte.

„Wissen Sie, diese Banditen ziehn zwei Tage herum, man ist nicht sicher, daß man mit dem Leben herauskommt. Ich sitze den ganzen Tag im Hotel, unten bereiten sie für alle Fälle die gemauerten Keller vor, ein paar fremde Diplomaten wohnen auch dort. Ich denke mir, nun ade schönes Leben – dem Krieg bin ich entgangen, nun soll mich die Revolution treffen. Ein Glück, daß ich damals die Vally hatte, wir waren ein paar befreundete junge Leute und nannten sie Vally, die Trösterin, denn sie war unsere Trösterin in der Not, wie es in der Bibel heißt.“

„Das steht nicht in der Bibel.“

„Nun einerlei – diese Knöchel hätten Sie sehen sollen, mein lieber Vetter – und das aufgelöste Haar, es reichte bis zum Popo – es waren sehr aufgeregte Zeiten. Und wozu? Sagen Sie mir, wozu hat man diese aufgeregten Zeiten nötig?“

Alexander saß mit gespreizten Beinen; um die Bügelfalte nicht zu beschädigen, streckte er sie weit von sich und trommelte mit den Absätzen auf dem Boden.

„Ich werde mich also um ein anderes Zimmer umsehn müssen", sagt Alexander, „wenn Sie nicht wollen." Oder: „Ich will nicht drängen. Überlegen Sie sich das, lieber Gabriel, bis morgen – vielleicht? ..." Gewiß – ich will es mir überlegen. Jetzt habe ich Schnaps getrunken, und das plötzliche Angebot hat mich noch mehr betäubt. Ich will es mir überlegen.

XII

Wir schieden um 11 Uhr vormittags, und ich hatte Zeit genug – einen ganzen Sommernachmittag, einen Abend, eine Nacht.

Dennoch hätte ich gerne noch länger Zeit gehabt, eine Woche, zwei Wochen oder einen Monat. Ja, ich hätte gerne so eine Stadt wie diese zu einem längeren Ferienaufenthalt gewählt – es war eine recht amüsante Stadt, mit allerlei wunderbaren Menschen – man traf derlei nicht in aller Welt.

Da war dieses Hotel Savoy – ein prachtvolles Hotel, mit einem livrierten Portier, mit goldenen Schildern, es versprach Lift, reinliche Stubenmädchen in weiß gestärkten Nonnenhauben. Da war Ignatz, der alte Liftknabe, mit höhnischen, biergelben Augen, aber was tat er mir, wenn ich zahlte und keine Koffer verpfändete? Da war Kaleguropulos, gewiß der Übelsten einer – den kannte ich noch nicht, den kannte niemand.

Dieses einzigen Kaleguropulos wegen hätte es sich gelohnt hierzubleiben – Geheimnisse haben mich immer gelockt, und es ergab sich bei längerem Aufenthalt gewiß Gelegenheit, Kaleguropulos, dem Unsichtbaren, auf die Spur zu kommen.

Gewiß, es war besser zu bleiben.

Da lebte Abel Glanz, ein sonderbarer Souffleur, da konnte man bei Kanner Geld verdienen, im Judenviertel lag Geld im Straßenkot – es wäre nicht übel, als reicher Mann in den Westen Europas einzuziehen. Mit einem Hemd konnte man im Hotel Savoy anlangen und es verlassen als der Gebieter von zwanzig Koffern.

Und immer noch der Gabriel Dan sein.

Aber will ich nicht nach dem Westen? Habe ich nicht lange Jahre in der Gefangenschaft gelebt? Noch sehe ich die gelben Baracken wie schmutzigen Aussatz eine weiße Fläche bedecken, schmecke ich den süßen letzten Zug aus irgendwo aufgeklaubtem Zigarettenstummel, Jahre der Wanderung, Bitterkeit der Landstraße – grausam gefrorene Ackerschollen, die meine Fußsohlen schmerzen.

Was geht mich Stasia an? Es gibt viele Mädchen in der Welt, braunhaarige mit großen, grauen, klugen Augen und schwarzen Wimpern, kleinen Fußsohlen in grauen Strümpfen, man kann Einsamkeiten zusammenlegen, Schmerzen gemeinsam auskosten. Mag Stasia im Varieté bleiben, dem Pariser Alexander anheimfallen.

Fahr zu, Gabriel!

Es fügt sich, daß ich zum Abschied noch einmal durch die Straße streiche, die groteske Architektur der windschiefen Giebel, der fragmentarischen Kamine besehe, zerbrochene und mit Zeitungspapier verklebte Fensterscheiben, arme Gehöfte, das Schlachthaus am Rande der Stadt, die Fabrikschlote am Horizont, Arbeiterbaracken, braune, mit weißen Dächern, Geranientöpfe in Fenstern.

Das Land ringsum ist eine traurige Schönheit, eine verblühende Frau, der Herbst meldet sich allerorten, obwohl die Kastanien noch tiefgrün sind. Man muß zum Herbst woanders sein, in Wien, die Ringstraße sehn, von goldenem Laub übersät, Häuser wie Paläste, Straßen, gerade ausgerichtet und geputzt zum Empfang vornehmer Gäste.

Der Wind kommt aus der Gegend der Fabriken, es riecht nach Steinkohle, grauer Dunst lagert über den Häusern – das Ganze ist wie ein Bahnhof, man muß weiterfahren. Der Pfiff eines Zuges kommt gellend herüber, Menschen fahren in die Welt.

Bloomfield fällt mir ein – wo steckt er eigentlich? Längst müßte er kommen, die Fabrikanten sind aufgeregt, im Savoy ist alles vorbereitet, wo bleibt Bloomfield?

Hirsch Fisch erwartet ihn sehnsüchtig. Vielleicht hat Fisch jetzt Gelegenheit, aus dem ewigen Elend herauszukommen, er hat doch mit Bloomfields Vater gesprochen, der Blumenfeld hieß, Jechiel Blumenfeld.

Ich entsinne mich des Loses, das ich vom Hirsch Fisch bekam, die Zahlen 5, 8 und 3 sind sicher, ein Terno scheint mir gewiß. Wie, wenn das Los gewänne? Dann könnte ich in dieser interessanten Stadt bleiben, noch ein bißchen ausruhen. Ich habe keine Eile. Keine Mutter, kein Weib, kein Kind. Niemand erwartet mich. Niemand sehnt sich nach mir.

Aber ich sehne mich wohl, nach Stasia zum Beispiel. Ich lebte gerne mit ihr ein Jahr oder zwei oder fünf, ich reiste gerne mit ihr nach Paris, wenn ich einen Terno bekäme, knapp, ehe die Regierung die Lotterie abschafft – ich brauchte Alexander nicht mein Zimmer zu verkaufen und nicht bei meinem Onkel Phöbus zu betteln.

Die Ziehung ist nächsten Freitag, es muß eine Woche dauern – so lange kann ich Alexander nicht warten lassen. Bis morgen muß es entschieden sein.

Ich muß von Stasia Abschied nehmen.

Sie war angekleidet, als ich kam, und wollte in die Vorstellung gehn. Sie trug eine gelbe Rose in der Hand und ließ mich riechen.

„Ich habe viele Rosen bekommen – von Alexander Böhlaug."

Vielleicht wartet sie, daß ich sage: Schicken Sie die Blumen zurück.

Vielleicht würde ich es auch sagen, wenn ich nicht gekommen wäre, um Abschied für immer zu nehmen.

So sagte ich nur:

„Alexander Böhlaug wird mein Zimmer nehmen. Ich verreise."

Stasia blieb stehn – auf der zweiten Stufe –, wir hatten gerade die Treppe hinuntergehen wollen.

Vielleicht hätte sie mich gebeten zu bleiben – aber ich sah sie nicht an, blieb auch nicht stehen, sondern ging hartnäckig die Stufen hinunter, als wäre ich ungeduldig.

„Sie reisen also bestimmt?“ sagte Stasia. „Wohin?“

„Ich weiß es nicht genau!“

„Es ist schade, daß Sie nicht bleiben wollen –“

„Nicht bleiben können –“

Nun sagte sie nichts mehr, und wir gingen schweigsam bis zum Varieté.

„Kommen Sie heute nach der Vorstellung zu einem Abschiedstee?“ fragte sie.

Wenn Stasia mich nicht gefragt, sondern kurzweg eingeladen hätte – ich hätte ja gesagt.

„Nein!“

„Nun, dann gute Reise!“

Das war ein kühler Abschied – aber es war ja auch gar nichts zwischen uns gewesen! Nicht einmal Blumen hatte ich geschenkt.

Es gab Chrysanthemen bei der Blumenhändlerin im Hotel Savoy – ich kaufte sie und schickte die Blumen mit Ignatz in Stasias Zimmer.

„Der Herr verreist?“ fragte Ignatz.

„Ja!“

„Weil nämlich für Herrn Alexander Böhlaug noch ein Zimmer frei wäre – wenn der Herr deswegen verreist.“

„Nein, ich verreise ohnehin! Bringen Sie morgen die Rechnung!“

„Die Blumen für Stasia?“ fragte Ignatz, ehe ich aus dem Fahrstuhl stieg.

„Für Fräulein Stasia!“

Ich schlief die ganze Nacht traumlos –. Morgen oder übermorgen reiste ich – der Pfiff eines Zuges kam langgedehnt und schrill herüber – Menschen fuhren in die Welt – ade, Hotel Savoy!

XIII

Alexanderl war ein Weltmann. Er wußte, wie man eine Sache einfädelt. Er war ein Hohlkopf. Aber der Sohn Phöbus Böhlaugs.

Er kam pünktlich, in einem andern eleganten Anzug. Er sprach eine Stunde von allen Dingen und nichts von unserem Geschäft. Er ließ mich warten. Alexanderl hatte Zeit.

„In Paris wohne ich bei Madame Bierbaum, das ist eine Deutsche. Die deutschen sind in Paris die besten Hausfrauen. Madame Bierbaum hat zwei Töchter, die ältere ist über vierzehn, aber sogar wenn sie dreizehn wäre – man nimmt es nicht so genau. Nun – und eines Tages kam ein Cousin der Madame Bierbaum – und ich hatte einen Ausflug gemacht mit Jeanne – aber sie ließ mich warten. Kurz, ich komme nach zwei Tagen zurück – den Schlüssel habe ich bei mir –, ich komme in der Nacht, gehe leise, um niemanden zu wecken, auf den Zehenspitzen, wie man sagt, mache kein Licht, ziehe nur die Stiefel und den Rock aus und trete zum Bett und greife – nun, was glauben Sie – gerade nach den Brüsten der kleinen Helene.

Sie schlief bei mir, weil der Cousin da war, oder Madame Bierbaum hatte es absichtlich so eingerichtet – kurz, was dann war, können Sie sich denken."

Ich kann es mir denken.

Alexanderl beginnt eine neue Geschichte.

Der Mann hatte unzählige Geschichten erlebt in seinen lausigen zweiundzwanzig Jahren. Eine Geschichte gebiert die andere, ich höre nicht mehr zu.

Plötzlich kam Stasia in den Fünf-Uhr-Saal – sie suchte jemanden – wir waren die einzigen im Saal. Alexander sprang auf, lief ihr entgegen, küßte ihre Hände, zog sie an unsern Tisch.

„Wir sind jetzt Nachbarn!" begann Alexander.

„Ach, das wußte ich nicht", sagte Stasia.

„Ja, mein lieber Vetter ist so freundlich, mir seine Wohnung zu überlassen."

„Das ist noch gar nicht ausgemacht!" sagte ich plötzlich – ich wußte selbst nicht, warum. „Wir haben ja noch gar nicht darüber gesprochen."

„Handelt es sich um Geld?" fragte Alexander.

„Nein", sagte ich sehr fest, „ich reise überhaupt nicht. Sie können trotzdem ein Zimmer haben, Alexander – Ignatz hat es gesagt."

„So – na, dann ist ja alles gut – und wir sind alle drei sehr enge Nachbarn", sagte Alexander.

Wir sprachen noch allerlei. – Ignatz kam herein, drei Zimmer ständen frei – zwei würden morgen besetzt werden, aber eines bliebe gewiß frei, Zimmer 606, im vierten Stock allerdings, aber geräumig. – Niemand wollte es wegen der anzüglichen Nummer – für Damen wäre es schon gar nichts – aber als Absteigquartier, weshalb nicht?

Ich ließ Stasia und Alexanderl sitzen und ging.

Am Abend erzählte mir Ignatz im Fahrstuhl, daß Alexander 606 gemietet habe.

Ich ging in mein Zimmer wie in eine wiedergefundene Heimat.

Zweites Buch

XIV

Nun stehe ich schon den dritten Tag am Bahnhof und warte auf Arbeit. Ich könnte in eine Fabrik gehen, wenn die Arbeiter nicht gerade streikten.

Philipp Neuner würde sich wundern, einen Mann aus der Bargesellschaft unter den Arbeitern zu finden. Ich mache mir aus derlei Dingen nichts, viele Jahre harter Arbeit liegen hinter mir.

Man braucht keine Arbeiter, es sei denn gelernte, und gelernt habe ich nichts. Ich kann „Kaleguropulos" deklinieren und noch manches andere. Auch schießen kann ich – ich bin ein guter Schütze. Für Feldarbeit bekommt man Essen und Wohnung, aber kein Geld – und ich muß Geld haben.

Am Bahnhof kann man Geld verdienen. Manchmal kommt ein Ausländer. Er sucht einen zuverlässigen „Menschen mit Sprachkenntnissen", um nicht übers Ohr gehauen zu werden von der schlauen Bevölkerung. Auch Gepäckträger sind sehr gesucht – hier gibt es nicht viele. Ich weiß auch nicht, was ich sonst machen könnte. Vom Bahnhof ist es nicht mehr so weit in die Welt. Hier darf man Schienenstränge hinauslaufen sehn. Menschen kommen an und fahren weiter. Vielleicht kam ein Freund oder ein Kriegskamerad?

Es kam wirklich einer, nämlich Zwonimir Pansin, ein Kroate, von meiner Kompanie. Auch er kommt aus Rußland, und nicht einmal zu Fuß, sondern mit der Bahn – also weiß ich, daß es Zwonimir gutgeht und daß er mir helfen wird.

Wir begrüßen uns sehr herzlich, Zwonimir und ich, zwei alte Kriegskameraden.

Zwonimir war ein Revolutionär von Geburt. In seinen Militärpapieren stand ein p. v., das heißt: politisch verdächtig – deshalb hat er es nicht einmal zum Korporal gebracht, obwohl er eine große Tapferkeitsmedaille trug. Er war einer der ersten in unserer Kompanie, die eine Dekoration bekamen – Zwonimir wollte sie ablehnen – er sagte dem Hauptmann ins Gesicht: Er wolle nicht ausgezeichnet werden – und es täte ihm leid, daß es dazu gekommen sei.

Nun, der Hauptmann war sehr stolz auf seine Kompanie – ein guter und hohler Kerl war der Hauptmann – und wollte es nicht zugeben, daß der

Regimentskommandant etwas von Aufruhr erfahre. Deshalb ordnete sich alles, und Zwonimir nahm die Medaille an.

Ich entsinne mich der Tage – das Regiment war in Rast –, da lagen Zwonimir und ich auf der Wiese am Nachmittag und sahen zur Kantine hinüber, vor der Soldaten kamen und gingen und in Gruppen herumstanden.

„Sie haben sich schon daran gewöhnt", sagte Zwonimir, „sie werden nie mehr in einem anständigen Laden Präservative kaufen, in so einem duftenden, wo die Ladenmädchen parfümiert sind wie Huren."

„Ja", sagte ich.

Und wir sprachen davon, daß dieser Krieg in alle Ewigkeit fortgehen würde und daß wir nie mehr nach Hause kämen. Zwonimir hatte noch einen Vater und zwei kleine Brüder.

„Auch sie werden einrücken", sagte Zwonimir. „In zehn Jahren wächst keine Frucht mehr in allen Ländern der Welt, nur noch in Amerika."

Er liebte Amerika. Wenn eine Menage gut war, sagte er: Amerika! Wenn eine Stellung schön ausgebaut war, sagte er: Amerika! Von einem „feinen" Oberleutnant sagte er: Amerika. Und weil ich gut schoß, nannte er meine Treffer: Amerika.

Und alles Dauernde, Unaufhörliche nannte er: Übt! „Übt" war ein Kommando; bei den Gelenksübungen sagte man: „übt": „Kopfnicken übt!", „Kopfbeuge übt!" – Das ging dann in alle Ewigkeit.

Wenn wir jeden Tag Dörrgemüse hatten, so sagte Zwonimir: „Drahtverhau übt." Weil das Trommelfeuer wochenlang dauerte, sagte er: „Trommelfeuer übt!", und weil er mich für einen allzeit guten Kerl hielt, sagte er: „Gabriel übt!"

Wir saßen im Wartesaal dritter Klasse, umtobt vom Lärm der Betrunkenen, und sprachen leise und verstanden dennoch jedes Wort, denn wir hörten mit den Herzen, nicht mit den Ohren.

In diesem Wartesaal hat mich schon jemand mit lauter Stimme angesprochen, und ich habe dennoch nicht verstanden. So stark war das Geheul der Betrunkenen.

Es waren die streikenden Arbeiter Neuners, die hier ihre Streikgelder vertranken.

In der Stadt war Schnapsverbot, am Bahnhof erhielt man den Alkohol in Kaffeekannen. Arbeiterinnen saßen da, junge Mädchen, sie waren schwer berauscht, aber nichts konnte ihre Frische ganz verderben, vergeblich kämpfte der Schnaps gegen ihre Gesundheit. Die jungen Burschen gerieten in Streit wegen eines Mädchens und griffen zum Messer. Aber sie schlugen einander nicht tot. Das Volk war nur lebhaft, nicht böse, jemand warf einen Witz zwischen die Kämpfer, und alle söhnten sich aus.

Dennoch war es gefährlich, hier lange zu sitzen, man konnte plötzlich einen Schlag auf den Schädel erhalten oder einen Stoß vor die Brust, oder es kam einer und nahm dir deinen Hut weg oder schmiß dich auf den Boden, weil er keinen freien Stuhl mehr gefunden hatte. Zwonimir und ich saßen am Ende des Saals, lehnten uns gegen die Wand, so daß wir die ganze Menge übersehen und jeden erblicken konnten, der sich uns näherte. Aber niemand belästigte uns, in unserer Nähe wurden alle freundlich. Manchmal bat uns einer um Feuer, einmal fiel mir eine Streichholzschachtel auf den Boden – und ein junger Bursche hob sie auf.

„Willst du weitergehn, Zwonimir“? fragte ich – und erzählte ihm, wie es mir ging.

Zwonimir wollte nicht weitergehn. Er wollte hierbleiben; ihm gefiel der Streik. „Ich will hier eine Revolution machen“, sagte Zwonimir, so einfach, als sagte er: Ich will hier einen Brief schreiben.

Ich erfahre, daß Zwonimir Agitator ist, aus Liebe zur Unruhe. Er ist ein Wirrkopf, aber ehrlich, und er glaubt an seine Revolution.

„Du kannst mir dabei helfen“, sagt er.

„Ich kann nicht“, sage ich. Und erkläre Zwonimir, daß ich ein einzelner bin und kein Gefühl für die Gemeinschaft habe. „Ich bin ein Egoist“, sage ich, „ein wirklicher Egoist.“

„Ein gebildetes Wort“, tadelt Zwonimir. „Alle gebildeten Worte sind schändlich. In der einfachen Sprache könntest du so Häßliches gar nicht sagen.“

Darauf kann ich nicht antworten.

Ich stehe allein. Mein Herz schlägt nur für mich. Mich gehen die streikenden Arbeiter nichts an. Ich habe keine Gemeinschaft mit einer Menge und nicht mit einzelnen. Ich bin ein kalter Mensch. Im Krieg fühlte ich mich nicht eins mit der Kompanie. Wir lagen alle im gleichen Dreck und warteten alle auf den gleichen Tod. Aber ich konnte nur an mein eigenes Leben denken und an meinen eigenen Tod. Ich ging über Leichen, und manchmal tat es mir weh, daß ich keinen Schmerz empfand.

Jetzt läßt mir der Tadel Zwonimirs keine Ruhe – ich muß über meine Kälte nachdenken und über meine Einsamkeit.

„Jeder Mensch lebt in irgendeiner Gemeinschaft“, sagt Zwonimir.

In welcher Gemeinschaft lebe ich? –

Ich lebe in Gemeinschaft mit den Bewohnern des Hotels Savoy.

Alexanderl Böhlaug fällt mir ein, auch er lebt nun „in enger Nachbarschaft“ mit mir. Was hatte ich mit Alexanderl Böhlaug Gemeinsames? Nicht mit Böhlaug, aber mit dem toten Santschin, der im Wäschedunst erstickt ist, und mit Stasia, mit den vielen vom fünften, sechsten und siebenten Stock, die sich vor Kaleguropulos' Inspektionsbesuchen fürchten, ihre Koffer verpfändet haben und eingesperrt sind in diesem Hotel Savoy, lebenslänglich.

Und keine Spur von Gemeinschaft habe ich mit Kanner und Neuner und Anselm Schwadron, mit Frau Kupfer und mit meinem Onkel Phöbus Böhlaug und seinem Sohn Alexanderl.

Gewiß, ich lebe in einer Gemeinschaft, ihr Leid ist mein Leid, ihre Armut ist meine Armut.

Jetzt stehe ich da am Bahnhof und warte auf Geld und finde keine Arbeit. Und habe noch das Zimmer nicht bezahlt und nicht einmal einen Koffer für Ignatz.

Es ist ein großes Glück, das Zusammentreffen mit Zwonimir, ein glücklicher Zufall, wie er nur in Büchern vorkommt.

Zwonimir hat noch Geld und Mut. Er will in mein Zimmer ziehn.

XV

Wir wohnen zusammen, in meinem Zimmer, Zwonimir schläft auf dem Sofa.

Ich biete ihm nicht mein Bett an, ich bin bequem und habe lange Zeit ein Bett entbehrt. In meinem Elternhaus in der Leopoldstadt gab es manchmal wenig Essen, aber immer ein weiches Bett. Zwonimir aber hat sein Leben lang auf harten Bänken genächtigt, „auf echtem Eichenholz“, scherzt er, er verträgt keine Bettwärme und hat schlechte Träume auf weichen Lagern.

Er hat eine gesunde Konstitution, geht spät schlafen und erwacht mit dem Morgenwind. Bauernblut rollt in seinem Körper, er besitzt keine Uhr und weiß immer die Stunde genau, fühlt Regen und Sonne voraus, riecht entfernte Brände und hat Ahnungen und Träume.

Einmal träumt er, sein Vater wäre begraben worden; er steht auf und weint, und ich weiß mir keinen Rat mit dem großen, weinenden Mann. Ein anderesmal sieht er seine Kuh verenden, er erzählt mir davon und scheint gleichgültig. Wir gehen den ganzen Tag umher, Zwonimir erkundigt sich bei den Arbeitern Neuners nach den Verhältnissen, nach den Streikführern, er gibt den Kindern Geld und schreit mit den Frauen und befiehlt ihnen, ihre Männer aus dem Wartesaal zu holen. Ich bewundere Zwonimirs Fähigkeiten. Er beherrscht die Sprache des Landes nicht, spricht mit Mienen und Armen mehr als mit dem Mund, aber alle verstehen ihn vortrefflich, denn er redet einfach wie das Volk und flucht in seiner Muttersprache. Aber einen kräftigen Fluch versteht hier jeder.

Am Abend gehen wir in die Felder hinaus, da setzt sich Zwonimir auf einen Stein, schlägt die Hände vors Gesicht und schluchzt wie ein Knabe.

„Warum weinst du, Zwonimir?“

„Wegen der Kuh“, sagt Zwonimir.

„Aber das weißt du ja schon den ganzen Tag. Warum weinst du jetzt?“

„Weil ich bei Tag keine Zeit habe.“

Das sagt Zwonimir ganz ernst, er weint noch eine gute Viertelstunde, dann steht er auf. Er lacht plötzlich auf, weil er entdeckt, daß ein Prellstein wie eine kleine Vogelscheuche angezogen ist.

„Die Kerle sind zu faul, stellen ihre Vogelscheuchen nicht ordentlich in die Mitte. Prellsteine sind ja keine Vogelscheuchen!! Möchte den Sperling sehn, der vor einem verkleideten Prellstein Angst hat!“

„Zwonimir“, bitte ich, „fahren wir fort! Geh heim, dein Vater lebt noch, aber er wird vielleicht sterben, wenn du nicht kommst und dann wirst du keine bösen Träume mehr haben. Und ich will auch fort.“

„Ein bißchen bleiben wir noch“, sagt Zwonimir, und ich weiß, daß er fest bleibt.

Er freut sich über das Hotel Savoy. Zum erstenmal lebt Zwonimir in einem großen Hotel. Er wundert sich gar nicht über Ignatz, den alten Liftknaben. Ich erzähle Zwonimir, daß in anderen Hotels kleine, milchwangige Buben die Fahrstühle bedienen. Zwonimir meint, es wäre schon vernünftiger, wenn eine solche Amerikasache einem ältern, erfahrenen Herrn überlassen wird. Übrigens sind ihm beide unheimlich, der Fahrstuhl und Ignatz. Er geht lieber zu Fuß.

Ich mache Zwonimir auf die Uhren aufmerksam und daß sie verschiedene Stunden zeigen.

Zwonimir sagt, das wäre unangenehm. Abwechslung muß aber sein. Ich zeige ihm den siebenten Stock und den Dunst der Waschküche und erzähle ihm von Santschin und dem Esel am Grab. Diese Geschichte gefällt ihm am besten, Santschin tut ihm gar nicht leid, über den Esel lacht er, des Nachts, während er sich auskleidet.

Ich mache ihn auch mit Abel Glanz bekannt und mit Hirsch Fisch.

Zwonimir kaufte bei Fisch drei Lose und wollte noch mehr kaufen und versprach Fisch ein Drittel vom Gewinst. Wir gingen mit Abel Glanz in das Judengäßchen, Abel machte gute Geschäfte, fragte, ob wir deutsche Mark hätten. Zwonimir hatte deutsche Mark. „Zu zwölf ein viertel“, sagte Abel. „Wer kauft?“ fragte Zwonimir mit überraschender Kennerschaft. „Kanner!“ sagte Glanz.

„Führen Sie den Kanner her!“ sagt Zwonimir.

„Was fällt Ihnen ein? Kanner wird zu Ihnen kommen?!“ schreit Glanz erschrocken.

„Dann geb' ich die Mark nicht!“ sagt Zwonimir.

Glanz will verdienen und rennt zu Kanner.

Wir warten. Er kommt nach einer halben Stunde und bestellt uns in die Bar für den Abend.

Am Abend kamen wir in die Bar, Zwonimir in einer russischen Militärbluse, mit genagelten Stiefeln.

Zwonimir kniff Frau Jetti Kupfer in den Oberarm, sie ließ einen schrillen Juchzer los, so einen Gast hatte sie schon lange nicht gehabt. Zwonimir ließ Schnäpse mischen, gab Ignatz einen Klaps auf die Schulter, daß der alte Liftknabe zusammensank, in die Knie brach. Zwonimir lachte über die Mädchen, fragte laut nach den Namen der Gäste, rief den Fabrikanten Neuner beim Namen ohne den Titel „Herr“ und fragte Glanz:

„Wo steckt denn der verdammte Kanner?“

Die Herren verzogen die Gesichter, sie blieben ruhig, und Neuner rührte sich nicht und ließ sich jede Anrede gefallen, obwohl er Einjähriger bei der preußischen Garde gewesen war und Schmisse hatte.

Anselm Schwadron und Siegmund Fink unterhielten sich leise, und als Kanner verspätet eintraf, wurde er nicht mit jenem Hallo begrüßt, das er erwartet und verdient hatte. Er sah sich um, entdeckte Zwonimir; da ihm Glanz winkte, trat er auf uns zu und fragte majestätisch: „Herr Pansin?“

„Zu Befehl, Mister Kanner!“ schrie Zwonimir mit dröhnender Stimme, daß Kanner einen halben Schritt zurücktrat. „Zwölf dreiviertel!“ schrie Zwonimir wieder.

„Nicht so laut!“ flüsterte Glanz.

Aber Zwonimir zog, während alle nach unserem Tisch sahen, sein Geld aus der Brieftasche – auch dänische Kronen hatte er – weiß Gott woher.

Kanner steckte das Geld ein und rechnete nach, um nur fertig zu werden, und zahlte zwölf dreiviertel.

„Meine Provision?“ sagte Glanz.

„In Schnaps!“ sagte Zwonimir und ließ fünf Schnäpse für Glanz bringen. Abel Glanz trank, aus Furcht, bis er besoffen war.

Es war ein lustiger Abend. Den Stammgästen hatte Zwonimir die Laune verdorben. Ignatz war böse. Seine biergelben Augen funkelten. Zwonimir aber tat, als wäre Ignatz sein bester Freund, rief ihn beim Namen – „liebster Ignatz!“ sagte Zwonimir, und Ignatz kam auf leisen Sohlen, ein alter Kater.

Der Fabrikant Neuner fand keine Lust an Tonka, die nackten Mädchen kamen zutraulich an unsern Tisch und pickten Zwonimir aus der Hand. Er fütterte sie mit Gebäck, zerbröckeltem Kuchen und ließ sie an verschiedenen Schnapsgläsern nippen.

In ihrer weißen Nacktheit standen sie da wie junge Schwäne.

Spät kam Alexanderl Böhlaug. Er war niedergeschlagen und aufgeräumt zugleich, er wollte irgendeinen Kummer übertönen, und Zwonimir half ihm.

Zwonimir hatte viel getrunken, dennoch war er nüchtern und spöttisch und höhnte Alexanderl, daß es eine Lust war.

„Sie haben spitze Stiefel!“ sagte Zwonimir, „lassen Sie sehen, ob sie scharf sind. Wo lassen Sie Ihre Stiefel schleifen? Die neueste Kriegswaffe. Sturmangriff mit französischen Stiefelspitzen! – Ihre Krawatte ist schöner als meiner Großmutter Kopftuch, so wahr ich der Sohn Nikitas bin, so war ich Zwonimir heiße und niemals mit Ihrer Braut geschlafen habe.“

Alexanderl tat, als hörte er nicht. Gram zehrte an ihm. Er war traurig.

„Ich möchte diesen Vetter nicht an deiner Stelle!“ sagte Zwonimir.

„Man sucht sich seine Vettern nicht aus“, sagte ich.

„Nichts für ungut, Alexanderl!“ schrie Zwonimir und stand auf. Er war groß, wie eine Mauer stand er in der kleinen, dunkelroten Bar.

Am nächsten Morgen erwacht Zwonimir früh und weckt mich. Er ist angekleidet. Er wirft meine Decke auf den Fußboden und zwingt mich, aufzustehen und mit ihm spazierenzugehn. Die Lerchen trillern wunderbar.

XVI

An diesem Tage wurde Kaleguropulos erwartet. Zwonimir warf die Stühle um, brachte Unordnung in unser Zimmer. Er beschloß, Kaleguropulos aufzulauern, er wollte ihn im Zimmer erwarten. Ich erwartete Kaleguropulos unten, im Fünf-Uhr-Saal, und Zwonimir blieb oben.

Ich sah diesmal keine Aufregung. Alle hatten das Hotel verlassen, die drei höchsten Stockwerke standen leer, man konnte elende Häuslichkeiten sehen.

Unten war es still. Ignatz fuhr hinauf und hinunter. Nach einer Stunde kam Zwonimir und erzählte, daß der Direktor über den Korridor gegangen sei, Zwonimir war an der Tür gestanden, der Direktor hatte gegrüßt, aber nirgends war ein Kaleguropulos zu sehn gewesen.

Zwonimir vergaß diese Dinge leicht, mich aber ließ das Geheimnis des Kaleguropulos nicht ruhen.

Zwonimir macht selbständige Ausflüge im Hotel, er geht in leere Zimmer, läßt Zettel mit Grüßen zurück und kennt alle Menschen nach drei Tagen.

Er kennt Taddeus Montag, den Karikaturisten, der Schilder malt und nicht viel Arbeit bekommt, weil er die bestellten Arbeiten verpatzt.

Er kennt den Buchhalter Katz, den Schauspieler Nawarski, die nackten Mädchen, zwei Schwestern Mongol, Helene und Irene Mongol, zwei ältliche Jungfern. Zwonimir begrüßt alle laut und herzlich.

Auch Stasia kennt er und berichtet mir:

„Die Kanaille ist in dich verliebt!"

Ich bin verlegen, es ist ja nicht böse gemeint, aber der Ausdruck ärgert mich.

Ich sage: „Stasia ist ein gutes Mädchen."

Zwonimir glaubt nicht an gute Mädchen und sagt, er würde schon mit Stasia schlafen, um mir zu beweisen, wie schlecht sie sei.

Zwonimir ist schon in den Kellern des Hotels gewesen, im Souterrain, wo sich die Küche befindet. Er kennt den Koch, einen Schweizer, der nur Meyer heißt, aber gute Mehlspeisen macht. Zwonimir erhält Gratisproben.

Zwonimir schlägt Ignatz. Es sind freundliche Schläge, und Ignatz kann nichts dagegen tun. Ich beobachte Ignatz, wie er zusammenzuckt, wenn sich ihm Zwonimir nähert. Es ist eine Reflexbewegung, keine Angst. Zwonimir ist der größte und stärkste Mann im Hotel Savoy, er kann Ignatz bequem unter den Arm nehmen. Er scheint furchtbar und gewalttätig, er poltert gern, und in seiner Nähe ist alles still und scheu. Dem alten Militärarzt ist Zwonimir sympathisch. Der Doktor zahlt ihm gerne ein paar Schnäpse am Nachmittag.

„Solche Doktoren wie Sie kenne ich vom Militär", sagt Zwonimir. „Sie können Lebendige totmachen, dafür bekommen Sie eine hohe Gage. Sie können die Menschen vom Boden wegamputieren. Sie sind ein großer Chirurg. Ich möchte Ihnen nicht einmal einen Tripper anvertrauen."

Aber der Doktor lacht. Er ist nicht beleidigt.

„Ich möchte Sie aufhängen!" sagt Zwonimir einmal freundschaftlich und klopft dem Doktor auf die Schulter.

Nie hat dem Doktor jemand auf die Schulter geklopft.

„Ein herrliches Hotel", sagt Zwonimir und fühlt nicht das Geheimnisvolle dieses Hauses, in dem fremde Menschen, nur durch papierdünne Wände und Decken geschieden, nebeneinander leben, essen, hungern. Er findet es selbstverständlich, daß die Mädchen ihre Koffer verpfänden, bis sie nackt der Frau Jetti Kupfer anheimfallen.

Er ist ein gesunder Mensch. Ich beneide ihn. Bei uns in der Leopoldstadt gab es keine so gesunden Kerle. Er freut sich an den Gemeinheiten. Er hat keine Achtung vor den Frauen. Er kennt keine Bücher. Er liest keine Zeitung. Er weiß nicht, was in der Welt vorgeht. Aber er ist mein treuer Freund. Er teilt sein Geld mit mir, und er würde auch sein Leben mit mir teilen.

Und ich täte es genauso.

Er hat ein gutes Gedächtnis und weiß nicht nur die Namen der Menschen, sondern auch die Nummern ihrer Zimmer. Und wenn der Zimmerkellner sagt: 403 ist bei 41 gewesen, so weiß er, daß der Schauspieler Nowakowski bei Frau Goldenberg geschlafen hat. Er weiß auch vieles über Frau Goldenberg; es ist jene Dame, die ich am ersten Tage getroffen habe.

„Hast du Geld genug?" frage ich.

Aber Zwonimir zahlt nicht. Er ist dem Hotel Savoy verfallen.

Ich erinnere mich an ein Wort des toten Santschin. Der hatte mir gesagt – es war ein Tag vor seinem Tode –, daß alle, die hier wohnten, dem Hotel Savoy verfallen waren. Niemand entging dem Hotel Savoy. Ich warnte

Zwonimir, aber er glaubte nicht. Er war gesund bis zur Gottlosigkeit, und er kannte keine Macht außer seiner eigenen.

„Das Hotel Savoy ist mir verfallen, Bruder", sagte er.

Nun war schon der fünfte Tag seit seiner Ankunft vergangen. Am sechsten faßte er den Entschluß zu arbeiten. „Man darf nicht so leben", sagte er.

„Es gibt keine Arbeit hier, laß uns weitergehn!" bat ich. Aber Zwonimir wollte just hier Arbeit finden für uns beide.

Er fand wirklich Arbeit.

Bei der Bahn, am Güterbahnhof, waren schwere Hopfenballen da. Sie mußten umgeladen werden, und es gab keine Bahnarbeiter. Es waren einige besoffene, faule Kerle da, und der Vorsteher sah wohl ein, daß er monatelang mit diesen Beamten arbeiten müßte. Von den streikenden Arbeitern Neuners meldeten sich kaum zehn, zwei jüdische Flüchtlinge aus der Ukraine kamen, und dann Zwonimir und ich. Wir bekamen Essen in der Bahnküche und mußten um sieben Uhr früh zur Stelle sein. Ignatz wunderte sich, als er sah, wie ich in meiner alten Militärbluse mit meinem Eßgerät ausrückte und schmutzig vom Kohlendunst und von der Arbeit heimkam.

Zwonimir übernahm das Kommando über uns Arbeiter.

Wir arbeiten fleißig. Wir bekommen scharfe Packhaken, die stoßen wir in die Hopfensäcke und rollen sie auf kleine Handwagen. Wenn wir die Haken eingeschlagen haben, kommandiert Zwonimir: Hopp! dann ziehen wir an – Hopp! wir rasten eine Weile – Hopp! nun lagen die fetten, grauen Säcke unten. Sie sahen wie große Walfische aus, und wir sind wie Harpuniere. Rings um uns pfeifen Lokomotiven, leuchten grüne und rote Signale auf, aber wir kümmern uns um gar nichts – wir arbeiten. Hopp! Hopp! dröhnt die Stimme Zwonimirs. Die Menschen schwitzen, die zwei ukrainischen Juden können es nicht aushalten, sie sind schwächliche und magere Handelsmänner.

Ich fühle Schmerz in den Muskeln, und meine Oberschenkel zittern. Wenn ich meinen Haken auswerfen soll, spüre ich einen schweren Druck in der rechten Schulter. Der Haken muß tief sitzen, sonst zerreißt der Sack, und Zwonimir flucht.

Einmal kamen wir um zwölf in die Küche, es war ein heißer Tag, wir waren müde, und auf unserer Bank saßen schwätzende Schaffner. Sie redeten von Politik und vom Minister und von Gehaltszulagen. Zwonimir bat sie, Platz zu machen, die Beamten fühlten sich wichtig und standen nicht auf. Zwonimir wirft den langen, hölzernen Tisch um, an dem sie sitzen. Die Schaffner schreien und wollen Zwonimir schlagen, aber er fegt ihre Kappen zur offenen Tür hinaus. Es sieht aus, als hätte er sie geköpft. Mit einer Bewegung seiner langen Arme hatte er ein halbes Dutzend Mützen hinausgefegt. Die Schaffner folgten ihren Mützen, nun standen sie da, ohne Adler kamen sie sich jämmerlich vor, sie drohten und zogen ab.

Wir arbeiten schwer und schwitzen. Wir riechen unsern Schweiß, stoßen mit unseren Körpern zusammen, haben schwielige Hände und fühlen unsere Kräfte und Schmerzen gleich.

Vierzehn Männer sind wir, kämpfen gegen schwere Hopfenballen, die nach Deutschland gehen sollen, Absender und Empfänger verdienen an diesen Hopfenballen mehr als wir vierzehn zusammen.

Das sagt uns Zwonimir jeden Abend, wenn wir nach Hause gehn.

Wir kennen den Absender nicht, ich lese nur seinen Namen auf den Waggons: Ch. Lustig heißt er, ein reizender Name. Ch. Lustig wohnt in einem schönen Hause, wie Phöbus Böhlaug, sein Sohn studiert in Paris und trägt geschliffene Schuhe. „Lustig, reg dich nicht auf!“ sagt seine Frau.

Wie der Empfänger heißt, weiß ich nicht, er hat Grund genug, Fröhlich zu heißen.

Wir waren alle vierzehn wie ein einziger Mann.

Alle waren wir gleichzeitig da, alle gingen wir gleichzeitig essen, alle hatten wir dieselben Bewegungen, und die Hopfenballen waren unser gemeinsamer Feind. Ch. Lustig hat uns zusammengeschweißt, Lustig und Fröhlich, wir sehen mit Angst, wie die Hopfenballen aufhören, bald ist unsere Arbeit zu Ende, und unsere Trennung scheint uns schmerzvoll, als würde man uns auseinanderschneiden müssen.

Und ich bin kein Egoist mehr.

Nach drei Tagen waren wir mit der Arbeit fertig. Wir waren schon um vier Uhr nachmittags frei, aber wir blieben auf dem Güterbahnhof und sahen zu, wie unsere Hopfenballen langsam nach Deutschland hinausrollten ...

XVII

Es ist wieder die Zeit der Heimkehrer.

Sie kommen in Gruppen, viele kommen auf einmal. Sie werden herangespült wie bestimmte Fische zu bestimmten Jahreszeiten. Vom Schicksal westwärts gespült werden die Heimkehrer. Zwei Monate lang war keiner zu sehen. Dann, wochenlang, fluten sie herbei aus Rußland und Sibirien und aus den Randländern.

Der Staub zerwanderter Jahre liegt auf ihren Stiefeln, auf ihren Gesichtern. Ihre Kleider sind zerfetzt, ihre Stöcke plump und abgegriffen. Sie kommen immer denselben Weg, sie fahren nicht mit der Eisenbahn, sie wandern. Jahrelang mögen sie so gewandert sein, ehe sie hier ankamen. Sie wissen von fremden Ländern und fremden Leben und haben, wie ich, viele Leben abgestreift. Sie sind Landstreicher. Ob sie mit Freuden nach Hause wandern? Wären sie nicht lieber in der großen Heimat geblieben, statt in die kleine heimzukehren, zu Weib und Kind und Ofenwärme?

Es ist vielleicht nicht ihr Wille, nach Hause zu gehn. Sie werden nach dem Westen gespült wie Fische zu gewissen Jahreszeiten.

Wir standen, Zwonimir und ich, am Rande der Stadt, wo die Baracken sind, stundenlang, und forschten unter den Heimkehrern nach einem bekannten Gesicht.

Viele gingen an uns vorbei, und wir erkannten sie nicht, obwohl wir gewiß mit ihnen zusammen geschossen und gehungert haben. Wenn man so viele Gesichter sieht, kennt man keines mehr. Sie sehen einander gleich wie Fische.

Traurig ist es, daß da einer vorbeigeht, den ich nicht erkenne, und wir haben doch eine Todesstunde miteinander geteilt. Wir waren im grausamsten Augenblick unseres Lebens eine einzige Angst – und jetzt erkennen wir einander nicht. Ich entsinne mich, daß ich dieselbe Trauer fühlte, als ich einmal ein Mädchen sah, in einem Zug trafen wir uns, und ich wußte nicht, ob ich mit ihr geschlafen oder nur meine Wäsche von ihr hatte flicken lassen.

Manche Heimkehrer wollten, wie wir, in dieser Stadt bleiben. Das Hotel Savoy bekam neuen Zuzug. Auch Santschins Zimmer war schon bewohnt. Alexanderl mußte sein Absteigequartier 606 für drei Tage hergeben, der Direktor behauptete, das wäre sein gutes Recht, ein unbenutztes Zimmer zu vermieten.

Ich hörte, während ich meine Schlüssel abgab, wie Ignatz mit Alexanderl diskutierte.

Viele, die kein Geld fürs Hotel Savoy hatten, richteten sich in den Baracken ein.

Es sah aus, als wollte ein neuer Krieg ausbrechen. So wiederholt sich alles: Der Rauch steigt wieder aus den Schornsteinen der Baracken, Kartoffelschalen liegen vor den Türen, Fruchtkerne und faule Kirschen – und Wäsche flattert auf ausgespannten Schnüren.

Es wurde unheimlich in der Stadt.

Man sah bettelnde Heimkehrer, sie schämten sich nicht. Ausgezogen waren sie als kräftige und stolze Männer, und jetzt konnten sie sich nicht mehr das Betteln abgewöhnen. Nur wenige suchten Arbeit. Bei den Bauern stahlen sie, gruben Kartoffeln aus dem Boden, schlugen Hühner tot und erwürgten Gänse und plünderten Heuschober aus. Alles schleppten sie in die Baracken, sie kochten dort, aber gruben keine

Latrinen aus, man konnte sie an den Wegrändern hocken und ihre Notdurft verrichten sehn.

Die Stadt, die keine Kanäle hatte, stank ja ohnehin. An grauen Tagen sah man am Rand des hölzernen Bürgersteigs, in den schmalen, unebenen Rinnen schwarze, gelbe, lehmdicke Flüssigkeit. Schlamm aus den Fabriken, der noch warm war und Dampf aushauchte. Es war eine gottverdammte Stadt. Es roch, als wäre hier der Pech- und Schwefelregen niedergegangen, nicht über Sodom und Gomorra.

Gott strafte diese Stadt mit Industrie. Industrie ist die härteste Strafe Gottes.

Man war hier an die Heimkehrerperioden gewöhnt, keine Behörde störte sie. Vielleicht ängstigte sich die Polizei vor den vielen verwegenen Menschen, und man wollte keinen Aufruhr. Die Arbeiter Neuners streikten ohnehin schon vier Wochen lang – wenn es hier einmal zu Kämpfen kam, waren die Heimkehrer dabei.

Sie kamen aus Rußland, sie brachten den Atem der großen Revolution mit, es war, als hätte sie die Revolution nach Westen gespuckt wie ein brennender Krater seine Lava.

Lange waren die Baracken leer gewesen. Jetzt wurden sie plötzlich so lebendig, daß man glaubte, heut oder morgen würden sie anfangen, sich in Bewegung zu setzen. Des Nachts brannten dürftige Talgkerzen, aber eine wilde Fröhlichkeit erfüllte sie. Die Mädchen kamen zu den Heimkehrern, man trank Schnaps und tanzte und verbreitete die Syphilis.

Mein Freund Zwonimir geht in die Baracken, denn er liebt Aufregung und Unruhe und vergrößert sie. Er erzählt den Hungernden von den Reichen, schimpft auf den Fabrikanten Neuner und erzählt von den nackten Mädchen in der Bar des Hotels Savoy.

„Du übertreibst ja“, sage ich zu Zwonimir.

„Das muß man tun, sonst glauben sie einem nichts“, sagt er.

Er erzählt vom Tod Santschins so, als wäre er dabeigewesen.

Er hat eine Kraft zu schildern, der Atem des wahrhaftigen Lebens geht von seinen Reden aus.

Die Heimkehrer hören zu, und dann singen sie Lieder, jeder sein Heimatlied, und alle klingen gleich. Tschechische Lieder und deutsche, polnische und serbische, und in allen liegt die gleiche Trauer, und alle Stimmen sind gleich rauh und hart und grölend – und dennoch klingen die Melodien so schön, wie manchmal die Stimme eines alten, häßlichen Leierkastens schön ist – an Märzabenden, im Vorfrühling, an Sonntagen, wenn die Straßen leer und reingefegt sind, von den großen Glocken, die des Morgens über die Stadt gingen.

Die Heimkehrer essen in der Armenküche, und Zwonimir auch. Er sagt, das Essen schmecke ihm. Zwei Tage essen wir in der Armenküche, und ich sehe, daß Zwonimir recht hat.

„Amerika!“ sagt Zwonimir.

Es war eine dicke Bohnensuppe, wenn man den Löffel hineinsteckte, blieb er drinnen wie ein Spaten in der Erde. Das ist Geschmacksache, ich liebe dicke Bohnen- und Kartoffelsuppen.

Niemals öffnet man die Fenster in der Armenküche, deshalb liegt der Duft alter Speisereste in den Winkeln und steigt von den nie gewaschenen Tischplatten auf, wenn der Dampf der frischgekochten Speisen ihn zu neuem Leben erweckt.

Und die Menschen sitzen eng an den Tischen, ihre Ellbogen führen Krieg gegeneinander. Ihre Seelen sind friedlich, ihre Gesinnungen freundschaftlich, und ihre Arme führen Krieg.

Die Menschen sind nicht schlecht, wenn sie viel Raum haben. In den großen Gasthäusern nicken sie einander fröhlich zu, weil sie Platz finden. Bei Phöbus Böhlaug streitet niemand, weil die Menschen einander aus dem Wege gehn, wenn es ihnen nicht mehr paßt. Aber wenn zwei in einem engen Bett liegen, kämpfen ihre Beine im Schlaf, und ihre Hände zerreißen die dünne Decke, die sie einhüllt.

Wir stellten uns um halb eins an das Ende einer langen Menschenkette. Vorne stand ein Polizist und wedelte mit dem Säbel, weil er sich langweilte. Je zwanzig wurden eingelassen, wir standen paarweise. Zwonimir und ich zusammen.

Zwonimir fluchte, wenn es zu langsam ging. Er sprach mit dem Polizisten, der ihm nicht gerne antwortete, weil die Behörde schweigsam sein muß.

Zwonimir sagte ihm „du" und „Kamerad", und einmal erklärte er, daß ein Polizist gar keinen Grund hätte, so stumm zu sein.

„Du bist stumm wie ein Fisch, Kamerad!" sagte Zwonimir. „Nicht wie ein lebendiger, sondern wie ein toter Fisch, den man mit Zwiebeln füllt hierzulande. Bei uns zu Hause werden nur gesprächige Menschen zur Polizei engagiert, so wie ich einer bin."

Die Arbeiterfrauen erschrecken ob solcher Rede und fürchten sich zu lachen.

Der Polizist, der sieht, daß er Zwonimir unterlegen ist, zwirbelt seinen Schnurrbart und sagt:

„Das Leben ist langweilig. Es gibt kein Gesprächsthema."

„Siehst du, Kamerad", sagt Zwonimir, „das kommt davon, daß du nicht in den Krieg gegangen bist, sondern zur Militärpolizei. Wenn man im Schützengraben gelegen hat wie wir, hat man Gesprächsstoff bis zum Tod."

Hier lachen einige Heimkehrer. Der Polizist sagt:

„Unser Leben war auch in Gefahr!"

„Ja", erwidert Zwonimir, „wenn ihr einen mutigen Deserteur gefaßt habt – freilich, das glaub' ich schon, da war euer Leben in Gefahr."

Kein Zweifel, die Heimkehrer liebten meinen Freund Zwonimir, und die Polizisten nicht.

„Du bist ein Fremder", sagen sie zu ihm, „und sprichst zu viel bei uns."

„Ich bin ein Heimkehrer und darf mich hier aufhalten, Freund, weil meine Regierung mit der deinigen eigens deswegen einen Vertrag geschlossen hat. Das verstehst du nicht: Es gibt in meinem Lande der Eurigen genug, und wenn ihr mir hier ein Haar krümmt, schlägt meine Regierung daheim den Eurigen die Köpfe ab. Aber man sieht, du hast keine Politik studiert. Bei uns zu Hause muß jeder Polizist eine Prüfung in Politik ablegen."

Das sind wirksame Argumente, und die Polizisten schweigen.

Und Zwonimir konnte jeden Tag fluchen.

Er fluchte, wenn er lange warten mußte, und auch drinnen, wenn er die Suppe schon in der Hand hielt. Sie war kalt oder ungesalzen oder zu sehr gesalzen. Er steckte die Menschen mit seiner Unzufriedenheit an, sie schimpften alle, schweigend oder laut, so, daß die Köche hinter den Scheibenfenstern erschraken und noch einen Löffel mehr dazugaben, als sie gewohnt waren und als ihnen befohlen war. Zwonimir vergrößerte die Unruhe.

Die Arbeiterfrauen nahmen die Suppe in Töpfen nach Hause, für den Abend.

Sie hätten die Suppe auch in Zeitungspapier packen können, wie sie es mit dem Viertel Brot taten – so erstarrt und zäh war sie, wenn man sie kalt werden ließ. Es war dennoch eine schmackhafte Suppe, man aß sie sehr lange, und weil nur je zwanzig eingelassen wurden, dauerte die Abspeisung drei Stunden.

Man hörte, daß die Köche unzufrieden waren, sie wollten nicht für geringen Lohn einen ganzen Tag arbeiten. Von den Wohltätigkeitsdamen, die umsonst und ehrenhalber die Aufsicht führen sollten, war am zweiten Tag nichts mehr zu sehen. Zwonimir hatte eine „Tante" genannt, und man drohte, die Küche zu sperren.

„Wenn sie nur die Küche sperren!" sagt Zwonimir. „Wir werden sie schon aufmachen. Oder wir werden uns von Herrn Neuner zum Mittagessen einladen lassen. Seine Suppe ist bestimmt besser."

„Ja, der Neuner“, sagen die Arbeiterfrauen.

Sie waren elend und blaß, und die schwangeren schleppten ihre gesegneten Leiber wie eine verhaßte Last.

„Wenn man ein Bündel Holz schleppt vom Walde“, sagt Zwonimir, „weiß man wenigstens, daß es warm wird in der Stube.“

„Neuner hätte ja Zulagen für jedes Kind gegeben, wenn sie nicht angefangen hätten zu streiken, wäre es doch irgendwie gegangen“, weinten die Frauen.

„Es wäre nicht gegangen“, sagte Zwonimir, „es kann nicht gehen, wenn der Neuner verdienen will.“

Es war eine Borstenreinigungsfabrik. Dort reinigte man die Schweinehaare von Staub und Schmutz, und es wurden Bürsten daraus gemacht, die wieder zum Reinigen dienen. Die Arbeiter, die den ganzen Tag die Borsten strählten und siebten, schluckten den Staub und bekamen Lungenbluten und starben im fünfzigsten Jahr ihres Lebens.

Es gab allerlei Hygiene und Gesetze, die Arbeiter sollten Masken tragen, die Arbeitsräume sollten soundso viel Meter hoch und weit sein und die Fenster offen. Aber eine Renovierung der Fabrik hätte Neuner viel mehr gekostet als doppelte Kinderzulagen. Deshalb wurde der Militärarzt zu allen sterbenden Arbeitern gerufen. Und er bestätigte schwarz auf weiß, daß sie nicht an Tuberkulose gestorben waren und auch nicht an Blutvergiftung, sondern am Herzen. Es war ein herzkranker Menschenschlag, alle Arbeiter Neuners starben „infolge Herzschwäche“. Der Militärarzt war ein guter Kerl, er mußte jeden Tag im Hotel Savoy Schnäpse trinken und den Santschins Weine schenken, wenn es zu spät war.

Die Gewerkschaftsführer lebten auch schlecht, aber sie kamen sich vor wie Bürgermeister der Fabrik, und Neuner war ihr König. Jetzt suchten sie immer wieder Wege, um zu Neuner zu kommen.

Er empfing sie mit Wein und Kaviarbrötchen, gab ihnen Vorschüsse und vertröstete sie mit Bloomfield.

Es war dem Fabrikanten Neuner überhaupt gar nicht um die Arbeit zu tun.

Bloomfield, dessen Arm weit war und über den großen Teich reichte, Bloomfield war an allen Fabriken seiner alten Vaterstadt beteiligt. Wenn er einmal im Jahr herüberkam, ordnete sich alles, ohne daß es Neuner etwas gekostet hätte.

Neuner wartete auf Bloomfield.

Man wartete also auf Bloomfield – nicht nur im Hotel Savoy. In der ganzen Stadt wartete man auf Bloomfield. Im Judenviertel erwartete man ihn, man hielt mit den Devisen zurück, das Geschäft war flau. Man hoffte auf ihn in den oberen Stockwerken des Hotels, Hirsch Fisch zitterte vor Angst, Bloomfield könnte ein Unfall zugestoßen sein, und er hatte sich schon schöne Lose träumen lassen.

Übrigens hatte sich Hirsch Fisch mit meinem Los geirrt, die Ziehung war erst in zwei Wochen. Ich erfuhr es im Gemeindeamt.

Auch in der Armenküche sprach die Welt von Bloomfield. Wenn er kam, bewilligte er alle Forderungen, die Erde bekam ein neues Gesicht.

Was machte bei Bloomfield so eine Forderung? Soviel gab er im Tag für Zigarren aus.

Man erwartet Bloomfield überall: Im Waisenhaus ist ein Schornstein eingestürzt, man richtet ihn nicht, weil Bloomfield jedes Jahr etwas für das Waisenhaus gibt. Kranke Juden gehn nicht zum Arzt, weil Bloomfield die Rechnung bezahlen soll. Am Friedhof hat man eine Erdsenkung bemerkt, zwei Kaufleute sind abgebrannt, die Kaufleute stehen in der Gasse mit ihren Warenballen, es fällt ihnen nicht ein, die Läden zu reparieren – womit sollten sie zu Bloomfield gehen? Die ganze Welt wartet auf Bloomfield. Man wartet mit dem Versetzen des Bettzeugs, mit Anleihen auf Häuser, mit Hochzeiten.

Es ist eine große Spannung in der Luft. Abel Glanz sagt mir, er hätte Gelegenheit, jetzt eine gute Stellung anzunehmen. Aber lieber wäre ihm eine Stellung bei Bloomfield. Ein Onkel des Glanz lebt in Amerika, bei dem könnte man wohnen, vielleicht gibt Bloomfield nur die Schiffskarte, ohne Anstellung, dann würde er sich schon durch den Onkel fortbringen.

Glanz' Onkel verkauft Limonaden in den Straßen New Yorks.

Sogar Phöbus Böhlaug braucht Geld, um sein Geschäft zu „vergrößern". Er wartet auf Bloomfield.

Aber Bloomfield kommt nicht.

Sooft der Zug aus Deutschland einfährt, stehen viele Menschen am Bahnhof. Vornehme Herren mit braunen und gelben Reiseplaids kommen mit großen Lederkoffern, in Gummimänteln, mit zusammengerollten Schirmen in Etuis.

Aber Bloomfield kommt nicht.

Dennoch gehen die Menschen täglich zur Bahn.

Drittes Buch

XVIII

Plötzlich war Bloomfield da.

Es ist immer so mit den großen Ereignissen, mit den Kometen und Revolutionen und Hochzeiten der regierenden Fürsten. Die großen Ereignisse pflegen überraschend zu kommen, und jede Erwartung bewirkt nur, daß sie zögern.

Bloomfield, Henry Bloomfield kam in der Nacht um zwei Uhr im Hotel Savoy an.

Um diese Zeit verkehrten keine Züge – aber Bloomfield kam auch gar nicht mit der Bahn – war Bloomfield denn auf Eisenbahnen angewiesen? Er fuhr von der Grenze im Auto hierher, in seinem amerikanischen Salonauto, weil er sich auf die Eisenbahnen nicht verließ.

So einer war Henry Bloomfield: Das Sicherste schien ihm ungewiß, wenn alle Menschen mit dem Zugverkehr rechneten wie mit einem

Naturgesetz, mit Sonne, Wind und Frühling, so machte Bloomfield eine Ausnahme. Er traute nicht einmal den Fahrplänen, obwohl sie doch staatlich waren und einen Adler trugen und Siegel von verschiedenen Bezirksdirektionen und das Resultat mühevoller Berechnungen waren.

Bloomfield kam um zwei Uhr nachts im Hotel Savoy an, und Zwonimir und ich waren Zeugen seiner Ankunft.

Wir kommen nämlich um diese Zeit aus den Baracken.

Zwonimir trank eine Menge und küßte alle. Zwonimir konnte sehr viel trinken. Wenn er ins Freie kam, war er wieder nüchtern, die Nachtluft nahm ihm jeden Rausch – „der Wind bläst mir den Spiritus aus dem Kopf", sagt Zwonimir.

Die Stadt ist still, eine Turmuhr schlägt. Eine schwarze Katze läuft über den Bürgersteig. Man kann die Atemzüge der Schlafenden hören. Alle Fenster des Hotels sind dunkel, eine Nachtlampe lauert rötlich vor dem Eingang, in der engen Gasse sieht das Hotel aus wie ein düsterer Riese.

Durch die Scheiben der Hoteltür sieht man den Portier. Er hat die betreßte Livreekappe abgelegt – zum erstenmal sehe ich, daß er einen Schädel besitzt, ein wenig überrascht mich diese Tatsache. Der Portier hat ein paar graue Haarbüschel, sie wachsen um seine Glatze und rahmen sie ein wie eine Girlande eine Geburtstagsplatte.

Der Portier streckt beide Beine weit von sich, er träumt gewiß, daß er in einem Bett liegt.

Die Normaluhr in der Portierloge zeigt drei Minuten vor zwei.

In diesem Augenblick fährt ein Kreischen durch die Luft, es ist, als ob die ganze Stadt auf einmal aufschreien würde.

Einmal und noch einmal und zum drittenmal kreischt es.

Schon flitzt da und dort ein Fenster auf, zwei Stimmen sprechen. Ein Dröhnen erschüttert das Holzpflaster, auf dem wir stehen. Ein weißer Schein erfüllt die Gasse, es ist, als ob ein Stück des Mondes in die schmale Gasse gefallen wäre.

Der weiße Schein kam von einer Laterne, einer Blendlaterne, einem Scheinwerfer: dem Scheinwerfer Bloomfields.

So kam also Bloomfield, wie ein Nachtangriff. Der Scheinwerfer erinnert mich an den Krieg, ich dachte an „feindliche Flieger."

Es war ein großes Auto. Der Chauffeur war ganz in Leder gepackt. Er stieg ab und sah aus wie ein Wesen einer fremden Welt.

Das Auto ratterte noch ein bißchen. Es war bespritzt vom Kot der Landstraße und war von der Größe einer mäßigen Schiffskabine.

Mir war zumute wie damals im Felde, wenn ein General inspizieren kam und ich zufällig Kompaniedienst hatte. Unwillkürlich streckte ich mich, nahm meine Glieder zusammen und wartete. Ein Herr im grauen Staubmantel stieg aus, ich sah seine Züge nicht genau. Dann kam noch ein Herr, er trug den Mantel überm Arm. Dieser zweite Herr war um ein beträchtliches kleiner, er sagte ein paar englische Worte, die ich nicht verstand. Ich merkte, daß der kleine Herr Bloomfield sein müsse und daß der andere, sein Begleiter, einen Befehl ausführte.

Nun war also Bloomfield da.

„Das ist Bloomfield", sage ich zu Zwonimir.

Zwonimir will sich auf der Stelle davon überzeugen, er tritt auf den kleinen Herrn zu, der auf seinen Begleiter wartet, und fragt:

„Mister Bloomfield?"

Bloomfield nickt nur mit dem Kopf, wirft einen Blick auf den großen Zwonimir, er muß auf Bloomfield, den kleinen, den Eindruck eines Kirchturms machen.

Dann wendet Bloomfield sich rasch wieder dem Sekretär zu.

Der Portier war erwacht und trug seine Mütze wieder. Ignatz eilte gerade an uns vorbei.

Zwonimir vergaß nicht, ihm einen Schlag zu versetzen.

In der Bar war die Musik verstummt. Die kleine Tür stand halb offen, Neuner und Kanner standen an der Tür.

Frau Jetti Kupfer kam heraus.

„Bloomfield ist da!" sagte sie.

„Ja, Bloomfield!" sagte ich.

Und Zwonimir schrie und tanzte wie verrückt auf einem Bein.

„Bloomfield ist da! ah-ah-ah!"

„Still!" zischte Frau Jetti Kupfer und legte ihre fette Hand auf Zwonimirs Mund.

Bloomfields Sekretär und Ignatz und der Portier schleppten zwei große Koffer in den Flur.

Henry Bloomfield saß im Klubsessel des Portiers und zündete sich eine Zigarette an.

Neuner kam heraus. Er war erhitzt, auf seinem Gesicht glühten die Schmisse, als wären sie mit Karmin aufgemalt.

Neuner ging auf Bloomfield zu, Bloomfield blieb sitzen.

„Guten Abend!" sagte Neuner.

„Wie geht's!" sagte Bloomfield, nicht wie eine Frage, sondern wie einen Gruß.

Er war gar nicht neugierig.

Bloomfield – ich sah nur sein Profil – streckte Neuner eine dünne Kinderhand entgegen. Sie verschwand spurlos in Neuners großer Pranke wie eine Kleinigkeit in einem Riesenetui.

Sie sprachen deutsch, aber es schickte sich nicht zuzuhören.

Ignatz kam mit fliegender Zunge, einen Karton mit einer großen, schwarzen Dreizehn in der Hand. Er nagelte den Karton an die Türmitte.

Zwonimir schlug Ignatz ein paarmal auf die Schulter, Ignatz zuckte nicht, er spürte die Schläge gar nicht.

Frau Kupfer kehrte in die Bar zurück.

Ich wäre gerne noch für ein halbes Stündchen hineingegangen, aber es schien mir gefährlich, Zwonimir noch trinken zu lassen.

Wir fuhren also selbst mit dem Lift hinauf, zum erstenmal ohne Ignatz.

Hirsch Fisch kam in Unterhosen. Er hatte Lust, so wie er war, bis zu Bloomfield hinunterzugehn.

„Sie müssen sich anziehn, Herr Fisch!" sage ich.

„Wie sieht er aus? Hat er schon zugenommen?" fragt er.

„Nein! Er ist immer noch mager!"

„Gott, wenn das der alte Bloomfield wüßte", sagt Fisch und kehrt wieder um.

„Wenn man den Bloomfield umbringen könnte", sagte Zwonimir, als er schon ausgezogen lag.

Aber ich antwortete ihm nicht, weil ich weiß, daß der Alkohol aus ihm spricht.

XIX

Am nächsten Morgen scheint mir das Hotel Savoy verändert.

Die Aufregung hat sich meiner wie aller andern bemächtigt, hat meinen Blick geschärft für tausend kleine Veränderungen, so daß ich sie wie durch ein Fernrohr sehe mit mächtig geschwollenen Dimensionen. Es ist möglich, daß die Stubenmädchen der drei unteren Stockwerke dieselben Häubchen tragen wie gestern und vorgestern. Mir scheint, daß die Hauben und Schürzen neu gestärkt sind, wie vor einem Besuch des Kaleguropulos. Neue grüne Schürzen tragen die Zimmerkellner, auf dem roten Treppenläufer ist kein einziger Zigarettenstummel zu sehen.

Es ist eine unheimliche Sauberkeit. Man fühlt sich nicht mehr heimisch. Man vermißt wohlbekannte Staubwinkel.

Ein Spinnennetz in der Ecke des Fünf-Uhr-Saals war mir eine liebe Gewohnheit geworden, in der Ecke fehlt heute mein Spinnennetz. Ich weiß, daß man eine schmutzige Hand bekam, wenn man über das Stiegengeländer strich. Heute ist die Handfläche sauberer, als sie vorher gewesen, als bestünde das Geländer aus Seife.

Ich glaube, man hätte einen Tag nach der Ankunft Bloomfields auf dem Fußboden essen können.

Es riecht nach aufgelöstem Bohnerwachs, wie daheim in der Leopoldstadt einen Tag vor Ostern.

Etwas Feiertägliches liegt in der Luft. Wenn Glocken läuten würden, wäre es selbstverständlich.

Wenn plötzlich jemand mich beschenkte – es wäre nichts Ungewöhnliches. An solchen Tagen muß man beschenkt werden.

Und trotzdem regnete es draußen in dünnen Schnüren, und der Regen war voller Kohlenstäubchen. Es war ein dauerhafter Regen, er hing über der Welt wie ein ewiger Vorhang. Die Menschen stießen mit den Regenschirmen zusammen und trugen hochaufgeschlagene Mantelkragen. Die Stadt bekommt an solchen Regentagen erst ihr wirkliches Gesicht. Der Regen ist ihre Uniform. Es ist eine Stadt des Regens und der Trostlosigkeit.

Die hölzernen Bürgersteige faulen, die Bretter quietschen, wenn man auf sie tritt, wie schadhafte, nasse Schuhsohlen.

Der gelbe, träge Brei in den Rinnen löst sich auf und fließt träge dahin. Tausend Kohlenstäubchen birgt jeder Regentropfen, sie bleiben auf den Gesichtern und Kleidern der Menschen liegen.

Dieser Regen konnte durch die dicksten Kleider dringen. Man hatte im Himmel große Reinigung und schüttete die Kübel auf die Erde.

An solchen Tagen mußte man im Hotel bleiben, im Fünf-Uhr-Saal sitzen und die Leute ansehn.

Der erste Zug, der aus dem Westen kam, um zwölf Uhr mittags, brachte drei Fremde aus Deutschland.

Sie sahen aus wie Drillinge, sie bekamen alle drei nur ein Zimmer – Nummer 16 hörte ich – sie hätten ganz gut alle drei in ein Bett gepaßt wie Drillinge in eine Wiege.

Alle drei hatten Regenmäntel über die Sommermäntel gestreift, alle waren gleich klein gewachsen und hatten spitze Bäuchlein von einer Firma. Alle hatten schwarze Schnurrbärtchen und kleine Augen und große karierte Schirmkappen und Regenschirme in Etuis. Es war ein Wunder, daß sie sich selbst nicht verwechselten.

Der nächste Zug, der um vier Uhr nachmittags kam, brachte einen Herrn mit einem Glasauge und einen jungen, kraushaarigen Mann mit geknickten Knien.

Und am Abend um neun kamen noch zwei junge Herren mit spitzen französischen Stiefeln und dünnen Sohlen. Es waren Männer von neuestem Schnitt.

Die Zimmer 17, 18, 19, 20 im Hochparterre waren besetzt.

Henry Bloomfield lernte ich beim Fünf-Uhr-Tee kennen.

Das hatte ich Zwonimir zu verdanken, der mit dem Militärarzt plauderte. Ich saß dabei und las in einer Zeitung.

Bloomfield kommt mit seinem Sekretär in den Saal, und der Militärarzt begrüßt ihn an unserm Tisch. Als er Zwonimir vorstellen will, sagt Bloomfield: „Wir kennen uns schon“ und gibt uns beiden die Hand. Seine kleine Kinderhand hat einen kräftigen Druck. Sie ist knochig und kühl. Der Militärarzt erzählt mit lauter Stimme und interessiert sich für amerikanische Verhältnisse. Bloomfield spricht sehr wenig, sein Sekretär beantwortet alle Fragen.

Sein Sekretär ist ein Jude aus Prag und heißt Bondy.

Er spricht artig und beantwortet die dümmsten Fragen des Militärarztes. Sie sprechen über das Alkoholverbot in Amerika. Was macht man in so einem Lande?

„Was macht man in Amerika, wenn man traurig ist – ohne Alkohol?" fragt Zwonimir.

„Man spielt Grammophon", sagt Bondy.

Das also ist Henry Bloomfield.

Ich habe ihn mir ganz anders vorgestellt. Ich habe geglaubt, daß Bloomfield das Gesicht, den Anzug, die Gebärden eines neuen Amerikaners hat. Ich habe geglaubt, daß Henry Bloomfield sich seines Namens und seiner Heimat schämt. Nein, er schämt sich nicht. Er erzählt von seinem Vater:

Das Trinken schadet nur den Betrunkenen, hatte der alte Bloomfield gesagt, und Henry Bloomfield, sein Sohn, weiß noch die Aussprüche seines alten jüdischen Vaters.

Er hat ein kleines Hundegesicht und große gelbe Hornbrillen. Seine grauen Augen sind klein, aber nicht flink, wie kleine Augen manchmal sind, sondern langsam und gründlich.

Henry Bloomfield sieht sich alles genau an, seine Augen lernen die Welt auswendig.

Sein Anzug ist nicht amerikanisch geschnitten, und seine dünne, kleine Gestalt ist altmodisch elegant. Eine große weiße Halskrause hätte zu seinem Gesicht gepaßt.

Henry Bloomfield trinkt seinen Mokka sehr schnell, eine halbe Schale läßt er stehn. Er nippt nur flink, wie ein durstiger Vogel.

Er bricht ein kleines Törtchen entzwei und läßt ein halbes liegen. Er hat keine Geduld für die Nahrung, er vernachlässigt seinen Leib, er ist mit gewaltigen Dingen beschäftigt.

Er denkt an große Gründungen, Henry Bloomfield, des alten Blumenfelds Sohn.

Viele Menschen kamen vorbei und begrüßten Bloomfield, sein Sekretär Bondy sprang immer auf, er schnellte in die Höhe, als zöge ihn jemand an einem Gummiband, Bloomfield aber blieb immer sitzen. Es schien, daß der Sekretär auch die Aufgabe hatte, alle Höflichkeit für Bloomfield zu erfüllen.

Einigen reichte Bloomfield sein kleines Händchen, den meisten nickte er nur zu. Dann steckte er seinen Daumen in die Westentasche und trommelte mit den übrigen vier Fingern auf der Weste.

Manchmal gähnt er, ohne daß man es merkt. Ich beobachte nur, wie seine Augen wässerig werden und seine Brille trübe. Er putzt sie mit einem riesengroßen Taschentuch.

Er schien sehr vernünftig, der kleine große Henry Bloomfield. Nur daß er just im Zimmer Nummer 13 wohnen mußte, war amerikanisch. Ich glaube nicht an die Ehrlichkeit seines Aberglaubens. Ich habe gesehen, daß viele vernünftige Menschen sich absichtlich eine kleine Verrücktheit zulegen.

Zwonimir war merkwürdig still. So still war Zwonimir noch nie gewesen. Ich hatte Angst, daß er über eine Möglichkeit nachdachte, Bloomfield umzubringen.

Plötzlich kommt Alexanderl herein. Er grüßt sehr tief, er schont seinen neuen Filzhut nicht. Er lächelt mir intim zu, so daß jeder merken muß: Hier sitzen Alexanders Freunde.

Alexander geht ein paarmal hin und zurück durch den Raum, als suchte er jemanden.

In Wirklichkeit aber hat er hier niemanden zu suchen.

„Amerika ist doch ein interessantes Land“, sagte der dumme Militärarzt, weil man schon eine Weile geschwiegen hatte.

Und er fuhr mit seiner alten Klage fort: „Hier in dieser Stadt verbauert man. Der Schädel wird einem zugenäht. Das Gehirn verdorrt.“

„Aber die Kehle nicht“, sage ich.

Bloomfield sah mich mit einem dankbaren Blick an. Kein Zug seines Gesichts verriet, daß er lächelte. Nur seine Augen bemühten sich, von unten her über den Rand der Brille zu blicken, und bekamen so einen spöttischen Ausdruck.

„Sie sind ja fremd hier?" fragte Bloomfield und sah uns beide an, Zwonimir und mich.

Es war die erste Frage, die Bloomfield getan hatte, seitdem er angekommen war.

„Wir sind Heimkehrer", sage ich, „und halten uns nur zum Spaß hier auf. Wir wollen weiterfahren, mein Freund Zwonimir und ich."

„Sie sind schon lange unterwegs", fiel der höfliche Bondy ein.

Es war ein prächtiger Sekretär – Bloomfield brauchte nur ein Stichwort zu sagen, und schon setzte Bondy Bloomfields Gedanken in Rede um.

„Sechs Monate", sage ich, „sind wir unterwegs. Und wer weiß, wie lange noch."

„Es ist Ihnen schlimm ergangen in der Gefangenschaft?"

„Im Kriege war es schlimmer", sagt Zwonimir.

Wir sprechen nicht mehr viel an diesem Tage.

Die drei Reisenden aus Deutschland kommen in den Saal, Bloomfield und Bondy verabschieden sich und setzen sich mit den Drillingen an den Tisch.

XX

Die Branche der Drillinge waren Juxgegenstände – das erfuhr ich am nächsten Tage vom Zimmerkellner. Es waren keine Drillingsbrüder. Die gemeinsamen Interessen hatten sie so verbrüdert.

Viele Menschen kamen aus Berlin, dem letzten Aufenthalt Bloomfields. Sie reisten ihm nach.

Nach zwei Tagen kam Christoph Kolumbus.

Christoph Kolumbus war Bloomfields Friseur. Er gehörte zum Gepäck Bloomfields und kam immer als Nachsendung.

Er ist ein gesprächiger Mensch, der Abkunft nach ein Deutscher. Sein Vater war ein Verehrer des großen Kolumbus gewesen und hatte seinen Sohn Christoph Kolumbus getauft. Aber der Sohn mit dem großen Namen ward ein Friseur.

Er ist ein Mann mit Geschäftssinn und guten Manieren. Er stellt sich jedem vor: Christoph Kolumbus, Friseur des Mister Bloomfield. Er spricht ein gutes Deutsch mit rheinländischem Akzent.

Christoph Kolumbus ist schlank und groß und hat gekräuseltes Haar, blondes, und gutmütige Augen, wie aus blauem Glas.

Er ist der einzige bessere Friseur in dieser Stadt und im Hotel Savoy, und weil er kein Geld verschmäht und es ihm sonst langweilig würde, beschließt er, sich im Hotel einen Laden zu eröffnen, und er bewirbt sich um die Erlaubnis bei Bloomfield.

Es gab gerade einen freien kleinen Raum neben der Loge des Portiers. Dort lagerten immer Gepäckstücke der Gäste, die im Begriff waren abzureisen oder sich für ein paar Tage entfernt hatten, um wiederzukommen.

Ignatz erzählte mir, daß Christoph Kolumbus sich in diesem Raum festsetzen wollte.

Es gelang ihm, Kolumbus war ein gescheiter Kerl. Dünn und schlank, wie er war, schien er in jeden Winkel zu passen. Es war überhaupt sein Schicksal, Lücken im Leben zu erspähen und sie auszufüllen. Wahrscheinlich war er so Bloomfields Friseur geworden.

Die Leute wußten hier kaum, daß der Friseur einen berühmten Namen lächerlich machte. Nur Ignatz wußte es und der Militärarzt und Alexanderl.

Zwonimir fragte mich: „Gabriel, du bist ein gebildeter Mann, hat Kolumbus Amerika entdeckt oder nicht?“

„Ja.“

„Und wer war Alexander?“ fragte Zwonimir weiter.

„Alexander war ein mazedonischer König und ein großer Welteroberer."

„So, so", sagte Zwonimir.

Am Abend kamen wir mit Alexanderl im Fünf-Uhr-Saal zusammen.

„Was sagen Sie zu diesem Friseur Kolumbus?" lachte Alexander. „Ausgerechnet Kolumbus heißt er."

Zwonimir schickt mir einen schnellen Blick zu und sagt:

„Wenn ein Friseur Christoph Kolumbus heißt, ist es noch lange nicht so schlimm. Aber Sie heißen Alexander! ..."

Das war ein gutes Wort, und Alexander schwieg.

Manchmal sage ich: „Zwonimir, laß uns abreisen."

Aber jetzt will Zwonimir erst recht nicht. Bloomfield ist da, und das Leben wird von Tag zu Tag interessanter. Es kommen mit jedem Zug Fremde aus Berlin. Kaufleute und Agenten und Nichtstuer. Alle Menschen zieht Bloomfield herbei. Der Friseur Kolumbus rasiert heftig. Der Gepäckraum sieht freundlich aus, mit zwei großen Wandspiegeln und einer Marmorplatte. Kolumbus ist der geschickteste Barbier, den ich in meinem Leben je gesehn habe. In fünf Minuten ist man fertig. Das Haarschneiden besorgt er nach neuester Methode mit dem Rasiermesser. Nie hört man in seinem Laden eine Schere klappern.

Weiß der Teufel, woher Zwonimir das Geld für uns beide nahm. Unsere Zimmerrechnung war schon sehr hoch. Zwonimir dachte nicht daran, sie zu bezahlen. Sein Geld legte er jeden Abend vor dem Schlafengehn unters Kopfkissen. Er hatte Angst, daß ich es ihm stehlen könnte.

Wir lebten fast so gut wie Bloomfield und gingen in die Armenküche, wenn es uns gefiel. Und wenn es uns nicht gefiel, aßen wir im Hotel. Und nie ging uns das Geld aus.

Einmal sage ich zu Zwonimir: „Ich packe und gehe zu Fuß weiter! Wenn du nicht willst, bleib hier!"

Da weinte Zwonimir. Es waren ehrliche Tränen.

„Zwonimir“, sage ich, „dies ist mein letztes Wort: Sieh im Kalender nach, heute ist Dienstag, heute in zwei Wochen reisen wir.“

„Ganz bestimmt“, sagt Zwonimir und schwört es laut und feierlich, obwohl ich es gar nicht verlange.

XXI

Am Nachmittag desselben Tages bat mich der Sekretär Bondy auf einen Augenblick an den Tisch Bloomfields.

Bloomfield brauchte noch einen Sekretär für die Zeit, in der er hier war. Man mußte die Besucher scheiden können in lästige und nützliche und mit beiden Arten verhandeln.

Ob ich nicht jemanden wüßte, fragte Bondy.

Nein, ich wüßte keinen, außer Glanz.

Aber da macht Bloomfield eine abwehrende Handbewegung. Glanz war nichts für ihn, das bedeutete diese Bewegung.

„Wollen *Sie* nicht diese Stellung annehmen?“ sagt Bloomfield. Es war keine Frage. Bloomfield sprach überhaupt nicht in fragendem Ton, er sagte alles nur vor sich hin, als wiederhole er oft erörterte Dinge.

„Wir wollen sehn!“ sage ich.

„Dann – können Sie morgen in Ihrem Zimmer – Sie wohnen?“

„703.“

„Bitte morgen anzufangen, Sie bekommen einen Sekretär.“

Ich verabschiede mich und fühle, wie Bloomfield mir nachsieht.

„Zwonimir“, sage ich, „jetzt bin ich Bloomfields Sekretär.“

„Amerika“, sagt Zwonimir.

Es war meine Aufgabe, die Leute anzuhören, sie und ihre Projekte zu beurteilen und Bloomfield über die Gäste jedes Tags schriftlichen Bericht zu erstatten.

Ich notierte mir Aussehen, Stellung, Geschäft, Vorschlag jedes Besuchers und beschrieb alles. Ich diktierte einem Mädchen in die Maschine und gab mir sehr viel Mühe.

Bloomfield schien nach den ersten zwei Tagen mit meiner Arbeit zufrieden, denn er nickte mir am Nachmittag, wenn wir uns trafen, sehr wohlwollend zu.

So lange hatte ich nichts mehr gearbeitet – ich freute mich. Es war eine Beschäftigung, die mir behagte, denn ich war auf mich angewiesen und trug die Verantwortung für alles, was ich berichtete. Ich hütete mich, mehr zu berichten, als nötig war. Dennoch lieferte ich manchmal einen Roman.

Ich arbeitete von zehn bis vier. Jeden Tag kamen fünf oder sechs oder mehr Besucher.

Ich wußte wohl, was Bloomfield von mir wollte. Er wollte eine Kontrolle seiner selbst. Er verließ sich nicht in allem auf sein eigenes Urteil – er hatte auch keine Zeit, über jeden nachzudenken –, und er wollte auch eine Bestätigung seiner eigenen Beobachtungen.

Henry Bloomfield war ein vernünftiger Mensch.

Die Juxdrillinge hießen Nachmann, Zobel und Wolff und standen alle drei innig auf einer Visitkarte.

Nachmann, Zobel und Wolff hatten herausgefunden, daß man in dieser Gegend Europas noch keine Juxgegenstände kannte. Sie kamen mit Geld, sie bewiesen es und sprachen sehr vernünftig. Seit Jahren stand in diesem Ort die Spinnerei des verstorbenen Maiblum leer. Man konnte sie mit wenig „Unkosten", sagte Wolff, reparieren. Herr Nachmann würde hierbleiben – sie brauchten eigentlich nicht so sehr das Geld Bloomfields wie seinen Namen. Die Firma sollte Bloomfield und Compagnie heißen und die Gegend und Rußland mit Juxgegenständen versorgen.

Die Drillinge wollten Feuerwerk, Papierschlangen, Serpentinen, Knallerbsen und Frösche fabrizieren.

Ich hörte dann, daß Bloomfield die Idee mit den Juxgegenständen sehr gefallen hatte, und sah nach zwei Tagen, wie langsam ein hölzernes Gerüst um die Maiblumsche Fabrik wuchs und wuchs, bis das ganze halbzerfallene Gemäuer von Holz eingedeckt war wie ein Monument im Winter.

Nachmann, Zobel und Wolff hielten sich hier lange auf. Man sah sie unzertrennlich durch die Straßen und Plätze der Stadt schleichen. Alle drei kamen in die Bar und holten sich ein Mädchen an den Tisch.

Sie führten ein inniges Familienleben.

Man begegnet mir mit mehr Ehrfurcht als je vorher im Hotel Savoy. Ignatz schlägt seine biergelben Kontrollaugen nieder, wenn er mit mir zusammentrifft, im Lift oder in der Bar. Der Portier grüßt mich tief. Die Drillinge ziehen gleichmäßig vor mir die Hüte.

Gabriel, sage ich mir, du kommst mit einem Hemd im Hotel Savoy an und fährst weg als ein Gebieter über zwanzig Koffer.

Verborgene Türen öffnen sich auf meinen Wunsch, Menschen geben sich mir preis. Wundersame Dinge tun sich kund. Und ich stehe da, bereit, alles aufzunehmen, was mir zuströmt. Die Menschen bieten sich mir an, unverhüllt liegen ihre Leben vor mir. Ich kann ihnen nicht helfen noch schaden – sie aber, froh, ein Ohr gefunden zu haben, das sie anhören muß, schütten Leid und Geheimnis vor mir aus.

Es geht ihnen schlecht, den Menschen, riesenhaft steht ihr Weh vor ihnen, eine große Mauer. Eingesponnen sitzen sie in staubgrauen Sorgen und zappeln wie gefangene Fliegen. Dem fehlt es an Brot, und jener ißt es mit Bitterkeit. Der will satt sein und jener frei. Hier regt einer seine Arme und glaubt, es wären Flügel, und er würde sich im nächsten Augenblick, Monat, Jahr über die Niederung seiner Welt erheben.

Es ging ihnen schlecht, den Menschen. Das Schicksal bereiteten sie sich selbst und glaubten, es käme von Gott. Sie waren gefangen in Überlieferungen, ihr Herz hing an tausend Fäden, und ihre Hände spannen sich selbst die Fäden. Auf allen Wegen ihres Lebens standen die

Verbotstafeln ihres Gottes, ihrer Polizei, ihrer Könige, ihres Standes. Hier durften sie nicht weitergehn und dort nicht bleiben. Und nachdem sie so ein paar Jahrzehnte gezappelt, geirrt hatten und ratlos gewesen, starben sie im Bett und hinterließen ihr Elend ihren Nachkommen.

Ich saß im Vorhof des lieben Gottes Henry Bloomfield und registrierte Gebete und Wünsche seiner kleinen Menschen. Die Leute kamen zuerst zu Bondy, und ich empfing nur jene, die einen Zettel von ihm vorzeigten. Zwei oder drei Wochen wollte Bloomfield bleiben – und nach drei Tagen sah ich, daß er mindestens zehn Jahre hierbleiben müßte.

Ich lernte den kleinen Isidor Schabel kennen, der einmal rumänischer Notar gewesen und wegen einer Unterschlagung aufgehört hat, Notar zu sein. Er wohnt schon das sechste Jahr im Hotel Savoy, im Krieg hat er hier gewohnt, zusammen mit den Offizieren der Etappe. Er ist sechzig Jahre alt, er hat Frau und Kinder in Bukarest, und sie schämen sich seiner – sie wissen gar nicht, wo er sich befindet. Nun, glaubt er, wäre es an der Zeit, an der Rehabilitierung zu arbeiten, fünfzehn Jahre sind seit jener unglücklichen Geschichte vergangen, es wäre wohl an der Zeit heimzukehren, nachzusehen, was Frau und Kinder treiben, ob sie leben, ob der Sohn Offizier geworden, trotz des väterlichen Unglücks. Er ist ein merkwürdiger Mensch, er will die Charge seines Sohnes wissen – und hat so viele Sorgen. Er lebt von kleinen Winkelschreibereien. Ein Jude kommt manchmal zu ihm und läßt sich ein Gesuch an die Behörde aufsetzen, eine Befreiung von der Erbschaftssteuer zum Beispiel.

Seine Koffer sind längst von Ignatz gepfändet, er ißt geröstete Kartoffeln zu Mittag, aber er will wissen, ob sein Sohn Offizier ist.

Vor einem Jahr war er schon bei Bloomfield, ohne Erfolg.

Er braucht eine hohe Summe, um zu seinem Recht zu kommen. Er blieb hartnäckig dabei, daß er im Recht war.

Er fraß sich in seine Bitterkeit hinein. Heute noch bat er schüchtern, morgen würde er fluchen, und in einem Jahr hatte ihn der Wahnsinn ergriffen.

Ich kenne Taddeus Montag, Zwonimirs Freund, den Schildermaler, der eigentlich ein Karikaturist ist. Er ist mein Nachbar, Zimmer 705. Nun bin ich schon ein paar Wochen hier, und neben mir hungerte Taddeus Montag, und niemals schrie er. Die Menschen sind stumm, stummer als die Fische, früher einmal riefen sie noch, wenn ihnen etwas weh tat, aber im Laufe der Zeit gewöhnten sie sich das Rufen ab.

Taddeus Montag ist ein Todeskandidat, dünn, blaß und groß steigt er sachte herum, seinen Schritt hört man nicht einmal auf den nackten Steinfliesen des sechsten Stockwerks. Er geht auf zerrissenen Sohlen allerdings, aber selbst die weichen Pantoffeln Hirsch Fischs werden auf diesen Steinfliesen hörbar. Taddeus Montag aber hat schon die lautlosen Schattensohlen eines Seligen. Er kommt schweigend, wie ein Stummer steht er an der Tür und zerreißt das Herz mit seiner Stummheit.

Er kann nichts dafür, Taddeus Montag, daß er kein Geld verdient. Er zeichnete die Karikatur des Planeten Mars oder den Mond oder längst verstorbene Griechen-Helden. Agamemnon war auf seinen Bildern zu finden, wie er Klytämnestra betrügt – im Felde, mit einem rundlichen trojanischen Mädchen. Auf einem Hügel stand Klytämnestra und sah durch ein riesiges Opernglas die Schande ihres Mannes.

Ich entsinne mich, daß Taddeus Montag die ganze Geschichte von den Pharaonen bis zur Gegenwart grotesk verdrehte. Montag reichte seine verrückten Blätter so selbstverständlich herüber, als zeigte er Hosenknöpfe zur Auswahl. Einmal zeichnete Taddeus Montag ein Schild für einen Tischlermeister. Er zeichnete einen überdimensionalen Hobel in die Mitte, daneben auf einem großen Holzgerüst einen Mann mit einem Zwicker auf der Nase, der einen kleinen Bleistift an dem riesigen Hobel spitzte.

Und dieses Schild lieferte er sogar ab. –

Es kamen wunderbare Lügner, der Mann mit dem Glasauge, der ein Kino gründen wollte. Nun war die Ausfuhr deutscher Filme sehr schwierig, das wußte Bloomfield – und ließ sich auf die Sache gar nicht ein.

In dieser Stadt fehlt nichts so sehr wie ein Kinotheater. Es ist eine graue Stadt mit viel Regen und trüben Tagen, die Arbeiter streiken. Man hat Zeit. Die halbe Stadt würde tagsüber und eine halbe Nacht im Kino sitzen.

Der Mann mit dem Glasauge heißt Erich Köhler und ist ein kleiner Regisseur aus München. Er stammt aus Wien, so erzählt er, aber mich kann er nicht täuschen, mich, der ich die Leopoldstadt kenne. Erich Köhler stammt, es ist kein Zweifel, aus Czernowitz, und das Auge hat er nicht im Krieg verloren. Das hätte schon ein viel größerer Weltkrieg sein müssen.

Er ist ein ungebildeter Mensch, er verwechselt Fremdwörter, er ist ein schlimmer Mensch – er lügt nicht aus Freude an der Lüge, sondern er verkauft seine Seele um schäbigen Gewinn.

„In München habe ich die Kammerlichtspiele eröffnet, mit einer Ansprache an die Presse und die versammelten Behörden. Es war im letzten Kriegsjahr, wenn die Revolution nicht gekommen wäre – Sie wüßten heute besser, wer Erich Köhler ist.“

Und eine Viertelstunde später erzählt er von intimen Freundschaften mit russischen Revolutionären.

Er war eine Größe, der Erich Köhler.

Der andere Herr, der Jüngling mit den französischen Stiefeln, ein Elsässer, versprach Gaumontfilme und gründete wirklich ein Kino. Bloomfield hatte keine Lust, den Leuten seiner Heimatstadt Vergnügungen zu verschaffen. Aber der französische Jüngling kaufte einen Milchladen von Fränkel, dessen Geschäft schlechtging, und druckte Plakate und verkündete Amüsement für Jahrzehnte.

Nein, es war nicht leicht, von Bloomfield Geld zu bekommen.

Ich war mit Abel Glanz in der Bar, da saß die alte Gesellschaft. Glanz erzählte mir im Vertrauen – Glanz erzählte alles im Vertrauen –, daß Neuner kein Geld bekommen hatte und daß Bloomfield überhaupt kein geschäftliches Interesse an dieser Gegend mehr hatte. In einem Jahr verzehnfachte sich sein Vermögen in Amerika – was ging ihn die schlechte Valuta an?

Bloomfield hatte viele enttäuscht. Die Leute wurden ihre Devisen nicht los, das Geschäft ging genauso weiter, als wäre Bloomfield aus Amerika gar nicht gekommen. Dennoch verstand ich nicht, weshalb jetzt plötzlich die Fabrikanten mit ihren Frauen auf den Plan traten und mit den Töchtern.

Es änderte sich nämlich inzwischen vieles in der Gesellschaft des Fünf-Uhr-Saals.

Vor allem hat Kaleguropulos Musik bestellt, eine fünf Mann starke Kapelle, sie spielt Walzer wie Märsche, das Temperament geht mit ihnen durch. Fünf russische Juden spielen jeden Abend Operetten. Und der Primgeiger hat gekräuseltes Haar für die Damen.

Nie waren Damen zu sehen gewesen.

Jetzt hatte Fabrikant Neuner Frau und Tochter, Kanner war Witwer mit zwei Töchtern, Siegmund Fink hatte eine junge Frau, und dann kam noch Phöbus Böhlaug, mein Onkel, mit seiner Tochter.

Phöbus Böhlaug begrüßt mich mit herzlichen Vorwürfen. Ich hätte ihn besuchen müssen.

„Ich habe jetzt keine Zeit“, sage ich.

„Du brauchst kein Geld mehr“, antwortet Phöbus.

„Sie haben mir nie etwas gegeben –“

„Nichts für ungut“, flötet mein Onkel Phöbus.

XXII

Ich verstand nicht, wozu Henry Bloomfield eigentlich gekommen war. Nur um die Musik spielen zu lassen? Damit die Damen kämen?

Eines Tages tauchte Zlotogor, Xaver Zlotogor, der Magnetiseur, im Fünf-Uhr-Saal auf. Er hatte sein schelmisches Judenjungengesicht aufgesetzt, er ging zwischen den Tischen herum und begrüßte die Damen, und sie nickten ihm alle freundlich zu und baten ihn, Platz zu nehmen. Er mußte sich an jeden Tisch setzen, überall saß er fünf Minuten und stand auf, und dann küßte er den Damen die Hände, er küßte fünfundzwanzig Hände in einer Stunde.

Er kam auch zu mir, Zwonimir saß auch dabei und fragte ihn:

„Sind Sie der Mann mit dem Esel?"

„Ja", sagte Zlotogor, ein bißchen befremdet, denn er war ein stiller Mensch, sein Element war die Lautlosigkeit, er haßte das Gepolter Zwonimirs.

„Ein guter Witz", lobt Zwonimir weiter und weiß nicht, daß seine laute Fröhlichkeit nicht erwünscht ist.

Den Xaver Zlotogor konnte er allerdings nicht vertreiben. –

Im Gegenteil: Zlotogor setzte sich und erzählte mir, daß er eine gute Idee habe. Es war jetzt keine Saison für öffentlichen Magnetismus, er wollte die Ferien ausnützen und privat magnetisieren. Im Hotel, in seinem großen Zimmer im dritten Stock. Er wollte Damen empfangen, die an Kopfschmerzen litten.

„Prächtige Idee", schreit Zwonimir.

„Herr Doktor", schreit Zwonimir zum Militärarzt hinüber, und Zlotogor, der Magnetiseur, sitzt da, er hätte Zwonimir erdolchen mögen.

Aber Zwonimirs starker Natur schadet kein Magnetismus.

Der Militärarzt kommt herüber.

„Sie bekommen Konkurrenz", sagt Zwonimir und zeigt auf den Magnetiseur.

Xaver Zlotogor sprang auf, er wollte größeres Unglück verhüten und das Geschrei Zwonimirs und erzählte deshalb selbst von seinen Absichten.

„Gott sei Dank", sagt der Militärarzt, der nicht gerne arbeitet. „Da werde ich kein Aspirin mehr verschreiben. Ich schicke Ihnen alle Patienten."

„Verbindlichen Dank", sagt Zlotogor und verneigt sich.

Und am nächsten Tag kamen ein paar Damen und schickten Briefe zu Zlotogor hinauf. Ins Hotel traute sich keine, aber Zlotogor nahm es nicht genau. Er ging in die Häuser magnetisieren.

„Es ist merkwürdig", sage ich zu Zwonimir, „siehst du, wie sich die Menschen verändern, weil Bloomfield, mein Chef, da ist? Jeder hat plötzlich geschäftliche Ideen in diesem Hotel und in dieser Stadt. Jeder will Geld verdienen."

„Ich habe auch eine Idee", sagte Zwonimir.

„Ja?"

„Bloomfield umzubringen."

„Wozu?"

„So zum Spaß, das ist ja keine geschäftliche Idee, und sie hat auch keinen Zweck."

„Weißt du übrigens, wozu Bloomfield da ist?"

„Um Geschäfte zu machen."

„Nein, Zwonimir, Bloomfield pfeift auf diese Geschäfte. Ich möchte gerne wissen, weshalb er hier ist. Vielleicht liebt er eine Frau. Aber die könnte er ja hinübernehmen. Eine Frau ist kein Haus, aber sie kann auch verheiratet sein. Dann ist sie noch schwieriger fortzubringen als ein Haus. Ich glaube nicht, daß Bloomfield hierherkommt, um die Fabrik des seligen Maiblum zu reparieren. Juxgegenstände interessieren ihn nicht. Er hat Geld genug, um ein Viertel Amerikas mit Juxgegenständen zu versorgen. Ist er hierhergekommen, um in seiner Heimat ein Kino zu finanzieren? Er gibt nicht einmal dem Neuner Geld, und die Arbeiter streiken schon die fünfte Woche!"

„Weshalb gibt er kein Geld?" sagt Zwonimir.

„Frag ihn doch."

„Ich werde ihn nicht fragen. Es geht mich nichts an. Es ist eine Gemeinheit."

Mir schien, daß Neuner sich nur mit Bloomfield herausredete und daß ihm nichts mehr an den Fabriken lag. Es war eine schlechte Zeit, das Geld hatte seinen Wert verloren. Abel Glanz sagte, Neuner spekuliere lieber an der Züricher Börse, er handele mit Valuta. Er bekam jeden Tag Telegramme – sie kamen aus Wien, Berlin, London. Man kabelte ihm Kurse, er kabelte Aufträge, was ging ihn die Fabrik an.

Es war vergeblich, Zwonimir diese verwickelten Dinge zu erklären, er wollte sie nicht verstehen, weil er fühlte, daß es ihn Mühe kosten würde, und weil er eigentlich ein Bauer war, der täglich in die Baracken ging, nicht nur wegen der Heimkehrer, sondern weil die Baracken in der Nähe der Felder standen und Zwonimirs Seele sich sehnte nach den Garben und Sensen und Vogelscheuchen der heimatlichen Äcker.

Jeden Tag bringt er mir Nachrichten vom Weizen, und in seiner Tasche birgt er blaue Kornblumen. Er flucht, weil die Bauern hierzulande keine Ahnung haben von der richtigen Behandlung der Erde – sie lieben es, ihre Kühe laufen zu lassen, wie es den Tieren gefällt. Sie laufen auch in die Ähren, und man kann sie nur mit viel Mühe herauslocken.

Und die Vogelscheuchen und die Prellsteine kann er nicht vergessen.

Er kommt am Abend heim, Zwonimir Pansin, der Bauer, und bringt eine große Sehnsucht mit und ein gehütetes Heimweh. Er weckt in mir die Sehnsucht, und obwohl er sich nach Feldern sehnt und ich nach Straßen, steckt er mich an. Es ist so wie mit den Liedern der Heimat: Wenn einer sein Volkslied anstimmt, singt der andere sein eigenes, und die verschiedenen Melodien werden ähnlich, und alle sind nur wie verschiedene Instrumente einer Kapelle.

Des Menschen Heimweh erwacht draußen, es wächst und wächst, wenn keine Mauern es beengen.

Ich gehe Sonntag vormittag hinaus zwischen die Felder, mannshoch steht das Getreide, und der Wind hängt in den weißen Wolken. Ich gehe langsam dem Friedhof entgegen, ich will das Grab Santschins finden. Ich finde es nach langem Suchen. So viele Menschen waren in dieser kurzen Zeit gestorben und lauter Arme, denn sie lagen in der Nähe des

Santschinschen Grabes. Es geht den Armen schlecht in dieser Zeit, und der Tod überliefert sie den Regenwürmern.

Ich fand Santschins Grab und dachte, daß es galt, von seinem letzten irdischen Zeichen Abschied zu nehmen. Er war zu früh gestorben, der gute Clown, er hätte noch den Henry Bloomfield erleben sollen, vielleicht hätte er sogar noch eine Reise nach dem Süden gewonnen.

Ich steige über den niedrigen Zaun, der den jüdischen Friedhof abschließt, und bemerke eine Aufregung unter den armen Juden, den Bettlern, die von der Gnade reicher Erben leben. Sie stehen nicht mehr einzeln wie einsame Trauerweiden am Anfang einer Allee, sondern in einer Gruppe und reden viel und laut. Ich höre den Namen Bloomfield und horche ein bißchen und erfahre, daß sie auf Bloomfield warten.

Das schien mir sehr wichtig. Ich frage die Bettler, und sie erzählen mir, daß heute der Todestag des alten Blumenfeld ist und daß Henry, sein Sohn, deshalb hierherkommt.

Die Bettler wissen die Todesdaten aller reichen Leute, und sie allein wissen auch, weshalb Henry Bloomfield da ist. Die Bettler wissen es, nicht die Fabrikanten.

Henry Bloomfield kam seinen toten Vater Jechiel Blumenfeld besuchen. Er kam, um ihm zu danken für die Milliarden, für die Begabung, für das Leben, für alles, was er geerbt hatte. Henry Bloomfield kam nicht, um ein Kino zu gründen oder eine Fabrik für Juxgegenstände. Alle Menschen glauben, er käme des Geldes oder der Fabriken wegen. Nur die Bettler wissen den Zweck der Bloomfieldschen Reise.

Es war eine Heimkehr.

Ich wartete auf Henry Bloomfield. Er kam allein, er war zu Fuß auf den Friedhof gekommen, die Majestät Bloomfield. Ich sah ihn vor dem Grabe des alten Blumenfeld stehn und weinen. Er zog seine Brille ab, und die Tränen liefen ihm über die dünnen Wangen, und er wischte sie mit den kleinen Kinderhänden weg. Dann zog er ein Bündel Banknoten, die Bettler fielen über ihn her wie ein Fliegenschwarm, er verschwand in der

Mitte der vielen schwarzen Gestalten, denen er Geld gab, um seine Seele loszukaufen von der Sünde des Geldes.

Ich wollte nicht unbemerkt gelauert haben, ich ging auf Bloomfield zu und grüßte ihn. Er wunderte sich gar nicht, daß ich hier war – worüber wundert sich denn Henry Bloomfield überhaupt? Er gab mir die Hand und bat mich, ihn in die Stadt zu begleiten.

„Ich komme jedes Jahr hierher“, sagt Bloomfield, „meinen Vater besuchen. Und auch die Stadt kann ich nicht vergessen. Ich bin ein Ostjude, und wir haben überall dort unsere Heimat, wo wir unsere Toten haben. Wenn mein Vater in Amerika gestorben wäre, ich könnte ganz in Amerika zu Hause sein. Mein Sohn wird ein ganzer Amerikaner sein, denn ich werde dort begraben werden.“

„Ich verstehe, Mister Bloomfield.“ – Ich bin gerührt und spreche wie zu einem alten Freund:

„Das Leben hängt so sichtbar mit dem Tod zusammen und der Lebendige mit seinen Toten. Es ist kein Ende da, kein Abbruch – immer Fortsetzung und Anknüpfung.“

„In diesem Lande leben die besten Schnorrer“, sagt Bloomfield wieder lustig, denn er ist ein Mann des Tages und der Wirklichkeit, und er vergißt sich nur einmal im Jahre.

Ich begleite ihn in die Stadt, die Leute grüßen uns, und ich erlebe noch eine Freude: Mein Onkel Phöbus Böhlaug kommt vorbei und grüßt zuerst und sehr tief, und ich lächle ihm herablassend zu, als wäre ich sein Onkel.

XXIII

Ich verstand Henry Bloomfield.

Er hatte Heimweh, wie ich und Zwonimir.

Die Leute kamen immer noch aus Berlin und aus anderen Städten. Es waren laute Menschen, sie schrien und logen schreiend, um das Gewissen zu übertönen. Sie waren Aufschneider und Prahlhänse, und alle kamen vom Film her und wußten viel zu erzählen von der Welt, aber sie sahen die Welt mit ihren Glotzaugen, hielten die Welt für eine geschäftliche Niederlage Gottes, und sie wollten ihm Konkurrenz machen und ebenso große Geschäfte eröffnen.

Sie wohnten in den drei unteren Stockwerken und ließen sich von Zlotogor ihre Kopfschmerzen kurieren.

Viele kamen mit ihren Frauen und Freundinnen, und dabei hatte Zlotogor erst recht zu tun.

Es änderte sich viel im Hotel Savoy.

Man gab Frauen- und Herrenabende und Tanzkränzchen, die Gesellschaft der Herren flüchtete um Mitternacht in die Bar und zwickte die nackten Mädchen und Frau Jetti Kupfer.

Oben stieg Alexanderl herum, in Frack und Lack, und Xaver Zlotogor mit einem hochgeschlossenen Rock und tat geheimnisvoll und trug ein schelmisches Jungengesicht.

Bloomfield kam und Bondy. Bondy sprach, die Frauen aber sahen nur Henry Bloomfield an, und weil er nichts sprach, schien es, als lauschten sie seinem Schweigen. Als hätten sie die Fähigkeit zu hören, was er dachte und verbarg.

Zu mir kamen auch die Leute aus den oberen Stockwerken, und es nahm kein Ende. Ich sah, daß keiner von ihnen freiwillig im Hotel Savoy wohnte. Jeden hielt ein Unglück fest. Jedem war Hotel Savoy das Unglück, er wußte nicht mehr gerecht zu scheiden zwischen dem und jenem.

Alles Mißgeschick stieß ihnen in diesem Hotel zu, und sie glaubten, Savoy heiße ihr Unglück.

Es nahm kein Ende. Auch die Witwe Santschin kam. Sie lebte jetzt bei ihrem Schwager auf dem Lande und mußte schwere Arbeit im Hause tun. Sie hatte von Bloomfields Ankunft gehört und daß er allen Menschen half.

Ich weiß nicht, ob die Witwe Santschin etwas erreicht hat.

Ich weiß nicht, wie vielen Bloomfield geholfen hat.

Der Polizeioffizier tauchte plötzlich auf, derselbe, dessen ganze Familie allabendlich im Varieté saß.

Er war ein junger, stupider Mensch mit Achselklappen und einem Schleppsäbel, und nichts war an ihm Besonderes. Er hatte von seinem Vorgänger das Zimmer 80 geerbt, alle Polizeioffiziere, die hierher versetzt wurden, wohnten umsonst im Zimmer 80.

Seit einer Woche trug der Offizier eine neue Uniform aus dunkelblauem Tuch und eine Auszeichnung auf der Brust. Ich glaube, er wurde endgültig zum Oberleutnant ernannt. Er stelzte feierlich, sein Säbel geriet ihm oft genug zwischen die Beine, und in der Rechten schwenkte er gelbe Wildlederhandschuhe. Er kam in die Bar und trank an allen Tischen, auf aller Kosten und landete schließlich bei Alexanderl am Tisch.

Die zwei verstanden sich gut.

Der Polizeioffizier hat ein kurzes Schnurrbärtchen und ein kurzes, stumpfes Näschen und große rote Ohren an einem glattrasierten, kleinen Schädel. Das Haar wuchs ihm tief in die Stirn in einem spitzen Dreieck über der Nase, er mußte seine Dienstmütze streng über den Augen tragen, weil man sonst diesen lächerlichen Haarwuchs gesehen hätte.

Ich weiß nicht, was ein Polizeioffizier zu tun hat, ich weiß, daß er sehr wenig arbeitet. Unser Polizeioffizier stand um zehn Uhr auf, er aß um zwölf Uhr Mittag, und dann las er die Zeitungen. Das war eine schwere Arbeit, er legte immer den Säbel ab, wenn er Zeitungen las. Er gab sich sozusagen privat.

Am Abend tanzte er flott – er war ein begehrter Tänzer. Er bestäubte sich mit Maiglöckchenparfüm, er roch wie ein Blumenpavillon, und er tanzte in straffen Hosen, die mit Gummischnallen an den Stiefeln befestigt waren. Die Hose hatte einen dünnen roten Streifen an der Naht, der sehr schön und sehr blutig leuchtete. Seine großen Ohren flammten in tiefem Purpur, und mit einem kleinen Spitzentaschentuch wischte er sich eine Schweißperle von der Nase.

Der Polizeioffizier hieß Jan Mrock. Er war sehr höflich und gefällig und lächelte immer.

Das Lächeln war seine Rettung, ein guter, gefälliger Geist hatte es ihm geschenkt.

Wenn ich ihn so ansah, seine rosige Haut, seinen ahnungslosen Mund, dann wußte ich, daß er sich seit seinem siebenten Lebensjahr gar nicht geändert hatte. Er sah genauso aus wie ein Schulknabe. Zwanzig Jahre Krieg und das Elend ließen ihn unberührt.

Einmal kam er mit Stasia in die Bar.

Zwei Wochen sind vergangen, seitdem ich sie zum letztenmal gesehn habe. Sie ist braun und frisch und lächelnd und hat große graue Augen.

„Sie sind immer noch da?“ sagt Stasia und wird rot, denn sie hat sich verstellt, sie weiß ja wohl, daß ich nicht verreist bin.

„Sind Sie enttäuscht?“

„Sie vernachlässigen unsere Freundschaft!“

Ich vernachlässige nicht die Freundschaft. Dieser Vorwurf gebührt Stasia selbst.

Zwei Wochen liegen zwischen ihr und mir, zweihundert Jahre können nicht mehr verwüsten. Ich habe auf sie zitternd gewartet, vor dem Varieté, in den Schatten einer Mauer gedrückt. Wir haben Tee miteinander getrunken, und eine leise Wärme lag um uns beide. Sie war meine erste liebliche Begegnung im Hotel Savoy, und uns beiden war Alexanderl unsympathisch.

Ich habe durch das Schlüsselloch gesehn, wie sie in einem Bademantel hin und her ging und französische Vokabeln lernte. Sie will ja nach Paris.

Ich wäre gerne mit ihr nach Paris gereist. Ich wäre gerne mit ihr zusammengeblieben, ein Jahr oder zwei oder zehn.

Ein großer Haufen Einsamkeit hat sich in mir angesammelt, sechs Jahre großer Einsamkeit.

Ich suche nach Gründen, weshalb ich ihr so fern bin, und finde keine. Ich suche nach Vorwürfen – was konnte ich ihr vorwerfen? Sie nahm von Alexander Blumen an und schickte sie nicht zurück. Es ist dumm, Blumen zurückzuschicken. Ich bin vielleicht eifersüchtig. Wenn ich mich mit Alexander Böhlaug vergleiche, spricht freilich alles zu meinen Gunsten.

Dennoch bin ich eifersüchtig.

Ich bin kein Eroberer und kein Anbeter. Wenn sich mir etwas gibt, nehme ich es und bin dankbar dafür. Aber Stasia bot sich mir nicht. Sie wollte belagert werden.

Ich verstand damals nicht – ich war lange einsam gewesen und ohne Frauen –, weshalb die Mädchen so heimlich tun und soviel Geduld haben und so stolz sind. Stasia wußte ja nicht, daß ich sie nicht triumphierend angenommen hätte, sondern demütig und dankbar. Heute verstehe ich, daß es der Natur der Frauen ansteht zu zögern und daß ihre Lügen vergeben werden, noch ehe sie geschehn.

Ich kümmerte mich zuviel um das Hotel Savoy und um die Menschen, um fremde Schicksale und zuwenig um mein eigenes. Hier stand eine schöne Frau und wartete auf ein gutes Wort, und ich sagte es nicht, wie ein verstockter Schulknabe.

Ich war verstockt. Mir war, als ob Stasia schuld wäre an meiner langen Einsamkeit, und sie konnte es ja gar nicht wissen. Ich warf ihr vor, daß sie keine Seherin war.

Nun weiß ich, daß die Frauen alles ahnen, was in uns vorgeht, aber dennoch auf Worte warten.

Gott legte das Zagen in die Seele der Frau.

Ihre Gegenwart reizte mich. Weshalb kam sie nicht zu mir? Weshalb ließ sie sich von dem Polizeioffizier begleiten? Weshalb fragt sie, ob ich immer noch da wäre? Weshalb sagte sie nicht: Gott sei Dank, daß du da bist!

Aber man sagt vielleicht nicht, wenn man ein armes Mädchen ist, zu einem armen Mann: Gott sei Dank, daß du da bist! Es ist vielleicht nicht mehr an der Zeit, einen armen Gabriel Dan zu lieben, der nicht einmal einen Koffer hat, geschweige denn ein Haus. Es ist vielleicht jetzt die Zeit, in der die Mädchen den Alexander Böhlaug lieben.

Heute weiß ich, daß die Begleitung des Polizeioffiziers ein Zufall war, ihre Frage eigentlich ein Geständnis. Damals aber war ich einsam und verbittert und benahm mich so, als wäre *ich* das Mädchen und Stasia der Mann.

Sie wird noch stolzer und kühler, und ich fühle, wie sich der Abstand zwischen uns beiden vergrößert und wie wir immer mehr und mehr fremd werden.

„Ich fahre bestimmt in zehn Tagen“, sage ich.

„Wenn Sie nach Paris kommen, schreiben Sie mir eine Karte!“

„Bitte, gerne!“

Stasia hätte sagen können:

Ich möchte mit Ihnen nach Paris fahren!

Statt dessen bittet sie mich um eine Postkarte.

„Ich schicke Ihnen den Eiffelturm.“

„Wie Sie wollen!“ sagte Stasia, und es bezieht sich gar nicht auf die Ansichtskarte, sondern auf uns selbst.

Das ist unser letztes Gespräch. Ich weiß, es ist unser letztes Gespräch. Gabriel Dan, du hast gar nichts von Mädchen zu erwarten. Arm bist du, Gabriel Dan!

Am nächsten Morgen sehe ich Stasia am Arm Alexanderls die Treppe hinuntergehn. Beide lächeln mir zu – ich esse Frühstück unten. Da weiß ich, daß Stasia eine große Dummheit gemacht hat.

Ich verstehe sie.

Die Frauen begehn ihre Dummheiten nicht wie wir aus Fahrlässigkeit und Leichtsinn, sondern wenn sie sehr unglücklich sind.

Viertes Buch

XXIV

Den Hof liebe ich, in den das Fenster meines Zimmers hinausgeht.

Er erinnert mich an den ersten Tag im Hotel, den Tag meiner Ankunft. Ich sehe immer noch Kinder spielen, höre einen Hund bellen und freue mich, wie bunt und fahnenhaft die Wäsche flattert.

In meinem Zimmer ist die Unrast, seitdem ich die Besucher Bloomfields empfange. Unrast ist im ganzen Hotel, im Korridor und im Fünf-Uhr-Saal, und eine kohlenstaubüberwehte Unrast herrscht in der Stadt.

Wenn ich zum Fenster hinausblicke, sehe ich ein Stück glücklich geretteter Ruhe. Die Hühner schreien. Nur die Hühner.

Es gab im Hotel Savoy einen anderen, einen engen Lichthof, der aussah wie ein Schacht für Selbstmörder. Dort wurden Teppiche geklopft, dorthin schüttete man den Staub, die Zigarettenstummel und den Kehricht des polternden Lebens.

Mein Hof aber war so, als gehöre er gar nicht zum Hotel Savoy. Er barg sich hinter dem riesigen Gemäuer. Ich wüßte gerne, was mit dem Hof geschehn ist.

Auch mit Bloomfield geht es mir so. Wenn ich seiner denke, bin ich neugierig, ob er seine gelbe Hornbrille trägt. Auch wüßte ich gerne etwas von Christoph Kolumbus, dem Friseur. Welche offengelassene Lücke des Lebens füllt er jetzt aus?

Große Ereignisse nehmen manchmal ihren Anfang in Friseurstuben. In dem kleinen Salon des Friseurs Christoph Kolumbus im Hotel Savoy ereignete es sich, daß einer der streikenden Arbeiter Neuners Lärm schlug.

Das Geschäft ging gut. Man hörte in Kolumbus' Stube am Vormittag allerlei Neues. Die angesehenen Männer der Stadt, sogar der Polizeioffizier, alle fremden und die meisten heimischen Gäste des Hotels ließen sich bei ihm barbieren. Und einmal trat ein Arbeiter, ein bißchen angetrunken, in den Friseurladen und begegnete allen widerwilligen Blicken mit aufreizender Gleichgültigkeit.

Er ließ sich rasieren und bezahlte nicht. Christoph Kolumbus hätte ihn – er war ein großzügiger Mensch – gehen lassen. Doch Ignatz drohte mit der Polizei. Da schlug der Arbeiter auf Ignatz ein. Die Polizei verhaftete den Arbeiter.

Am Nachmittag zogen seine Kameraden vor das Hotel Savoy und riefen: „Pfui!“ Dann gingen sie vor das Gefängnis.

Und in der Nacht zogen sie, Lieder singend, durch die erschrockenen Straßen.

In der Zeitung stand fett gedruckt eine Nachricht, sie brannte in der Mitte des Blattes. Ein paar Meilen weiter waren die Arbeiter einer großen Textilfabrik in den Streik getreten. Die Zeitung rief nach Militär, Polizei, Behörde, Gott.

Der Schreiber erklärte, daß alles Unheil von den Heimkehrern stamme, die den „Bazillus der Revolution in das keimfreie Land“ verschleppten. Der Schreiber war ein jämmerlicher Mensch, er spritzte Tinte gegen Lawinen, er baute Dämme aus Papier gegen Sturmfluten.

XXV

Es regnet nun schon eine Woche in der Stadt. Die Abende sind klar und kühl, aber bei Tage regnet es.

Es paßt so zum Regen, daß in diesen Tagen die Flut der Heimkehrer sich mit frischer Gewalt heranwälzt.

Mitten durch den schrägen, dünnen Regen gehen sie, Rußland, das große, schüttet sie aus. Sie nehmen kein Ende. Sie kommen alle denselben Weg, in grauen Kleidern, den Staub zerwanderter Jahre auf Gesichtern und Füßen. Es ist, als hingen sie mit dem Regen zusammen. Grau wie er sind sie und beständig wie er.

Sie strömen Grau aus, unendliches Grau über diese graue Stadt. Ihre Blechgeschirre klappern wie der Regen in den Blechrinnen. Ein großes

Heimweh geht von ihnen aus, die Sehnsucht vorwärtstreibt und eine verschüttete Erinnerung an Heimat.

Unterwegs sind sie hungrig, sie stehlen oder betteln, und beides ist ihnen gleich. Sie töten Gänse und Hühner und Kälber, es ist Friede in der Welt, aber das bedeutet nur, daß man keine Menschen mehr zu töten braucht. Gänse, Hühner und Kälber aber haben nichts mit dem Frieden zu tun. Wir stehen, Zwonimir und ich, am Rande der Stadt, wo die Baracken sind, und spähen nach vertrauten Gesichtern. Alle sind fremd und alle vertraut. Der sieht wie mein Nachbar in der Schwarmlinie aus, und der hat mit mir Gelenksübungen gelernt.

Wir stehn seitwärts und betrachten sie, aber es ist genauso, als ob wir mit ihnen gingen. Wir sind wie sie, auch uns hat Rußland ausgeschüttet, und wir ziehn alle heim.

Es führt einer einen Hund mit, er trägt das Tier auf dem Arm, und seine Eßschale klappert an seine Hüfte bei jedem Schritt. Ich weiß, daß er den Hund nach Hause bringen wird, seine Heimat liegt im Süden, in Agram oder in Sarajevo, den Hund bringt er treu bis zu seiner Hütte. Seine Frau schläft mit einem andern, den Totgeglaubten erkennen seine Kinder nicht mehr – er ist ein anderer geworden, und der Hund nur kennt ihn, ein Hund, ein Heimatloser.

Die Heimkehrer sind meine Brüder, sie sind hungrig. Nie sind sie meine Brüder gewesen. Im Felde nicht, wenn wir, von einem unverstandenen Willen getrieben, fremde Männer totmachten, und in der Etappe nicht, wenn wir alle, nach dem Befehl eines bösen Menschen, gleichmäßig Beine und Arme streckten. Heute aber bin ich nicht mehr allein in der Welt, heute bin ich Teil der Heimkehrer.

Sie strichen in Gruppen von fünf oder sechs Mann durch die Stadt, sie zerstreuten sich kurz vor den Baracken. Sie sangen Lieder von den Höfen und Häusern, mit gebrochener, rostiger Stimme, und dennoch waren die Lieder schön, wie manchmal an Märzabenden die Stimme eines schadhaften Leierkastens schön ist.

Sie aßen in der Armenküche. Die Portionen wurden immer kleiner und der Hunger größer.

Die streikenden Arbeiter saßen und vertranken ihre Streikgelder in den Wartesälen des Bahnhofs, und die Frauen und Kinder hungerten.

In der Bar griff der Fabrikant Neuner nach den Brüsten der nackten Mädchen, die vornehmen Frauen der Stadt ließen sich ihre Kopfschmerzen von Xaver Zlotogor wegmagnetisieren. Den Hunger der armen Frauen konnte Xaver Zlotogor nicht wegmagnetisieren.

Seine Kunst war nur für leichte Krankheiten gut, den Hunger konnte er nicht vertreiben und die Unzufriedenheit auch nicht.

Der Fabrikant Neuner hörte nicht auf die Ratschläge Kanners und schob alle Schuld auf Bloomfield.

Was aber ging Bloomfield diese Gegend an, ihr Hunger und ihre Verhältnisse? Sein toter Vater Jechiel Blumenfeld hungerte nicht, und seinetwegen war Henry Bloomfield hierhergekommen.

Die Stadt bekam ein Kino und eine Fabrik für Juxgegenstände – was sollte das den Arbeiterfrauen. Die Juxgegenstände waren für die Herrschaften, und ein Spielzeug taugte keinem Arbeiter. Bei den Knallerbsen und brennenden Fröschen und im Kino könnten sie den Neuner vergessen, aber den Hunger nicht.

XXVI

Zwonimir sagte einmal:

„Die Revolution ist da."

Wenn wir in den Baracken sitzen und mit den Heimkehrern sprechen – draußen fällt der schräge Regen unaufhörlich –, fühlen wir die Revolution. Sie kommt aus dem Osten – und keine Zeitung und kein Militär kann sie aufhalten.

„Das Hotel Savoy", sagt Zwonimir zu den Heimkehrern, „ist ein reicher Palast und ein Gefängnis. Unten wohnen in schönen, weiten Zimmern die Reichen, die Freunde Neuners, des Fabrikanten, und oben die armen

Hunde, die ihre Zimmer nicht bezahlen können und Ignatz die Koffer verpfänden. Den Besitzer des Hotels, er ist ein Grieche, kennt niemand, auch wir beide nicht, und wir sind doch gescheite Kerle.

Wir haben alle schon lange Jahre nicht in so schönen, weichen Betten gelegen wie die Herrschaften im Parterre des Hotels Savoy.

Wir haben alle schon lange nicht so schöne, nackte Mädchen gesehn wie die Herren unten in der Bar des Hotels Savoy.

Diese Stadt ist ein Grab der armen Leute. Die Arbeiter des Fabrikanten Neuner schlucken den Staub der Borsten, und alle sterben im fünfzigsten Jahr ihres Lebens."

„Pfui!" schreien die Heimkehrer.

Man entließ den Arbeiter, der Ignatz verprügelt hatte, nicht aus dem Gefängnis.

Jeden Tag ziehn die Arbeiter vor das Hotel Savoy und vor das Gefängnis.

Jeden Tag brennen in den Zeitungen die Nachrichten von den Streiks in der Textilindustrie.

Ich rieche die Revolution. Die Banken – so erzählt man bei Christoph Kolumbus – packen ihre Tresors und schicken sie in andere Städte.

„Die Polizei soll verstärkt werden", berichtet Abel Glanz.

„Man will die Heimkehrer internieren", erzählt Hirsch Fisch.

„Ich fahre nach Paris", sagt Alexanderl.

Ich dachte, daß Alexanderl nach Paris fahren würde, nicht allein, sondern mit Stasia.

„Man kann nicht noch einmal flüchten", klagt Phöbus Böhlaug.

„Der Typhus ist ausgebrochen", erzählt der Militärarzt am Nachmittag im Fünf-Uhr-Saal.

„Wie schützt man sich vor Typhus?" fragt die jüngere Tochter Kanners.

„Der Tod wird uns alle holen!“ erklärt der Militärarzt, und Fräulein Kanner wird blaß.

Vorläufig aber holt der Tod nur ein paar Arbeiterfrauen. Die Kinder erkranken und kommen ins Spital.

Man schließt die Armenküche, um die Ansteckungsgefahr zu vermindern. Also bekamen die Hungrigen keine Suppe mehr.

Die Heimkehrer konnte man nicht mehr in den Baracken internieren.

Es waren zu viele Heimkehrer.

Es waren ganze Völkerscharen.

Der Polizeioffizier erzählt, daß man um Verstärkung nachgesucht habe. Der Polizeioffizier war nicht aufgeregt. Er trägt eine Dienstpistole, und er steht nicht um zehn Uhr auf, sondern um neun. Er wedelt mit den Wildlederhandschuhen, als herrschte kein Typhus.

Die Krankheit ergriff ein paar arme Juden. Ich sah, wie man sie bestattete. Die jüdischen Frauen erhoben ein gewaltiges Wehklagen, die Schreie standen in der Luft.

Zehn, zwölf Menschen starben jeden Tag.

Der Regen fällt schräg und hüllt die Stadt ein, und durch den Regen fluten die Heimkehrer.

In den Zeitungen flammen die schrecklichen Nachrichten auf, und jeden Tag ziehen die Arbeiter Neuners vor das Hotel und schreien.

XXVII

Eines Morgens fehlen Bloomfield, Bondy, der Chauffeur und Christoph Kolumbus.

In Bloomfields Zimmer lag ein Brief für mich, Ignatz brachte ihn.

Bloomfield schreibt:

„Geehrter Herr, ich danke Ihnen für Ihre Hilfe und erlaube mir, Ihnen ein Honorar zu übergeben. Meine plötzliche Abreise wird Ihnen verständlich sein. Wenn Ihr Weg Sie nach Amerika führen sollte, so werden Sie hoffentlich nicht verfehlen, mich zu besuchen.“

Ich fand ein Honorar in einem besonderen Umschlag. Es war ein königliches Honorar.

In aller Stille ist Henry Bloomfield geflüchtet. Mit abgeblendeten Scheinwerfern, auf lautlosen Rädern, ohne Hupenschrei, im Dunkel der Nacht floh Bloomfield vor dem Typhus, vor der Revolution. Er hat seinen toten Vater besucht, er wird nie mehr in seine Heimat kommen. Er wird seine Sehnsucht unterdrücken, Henry Bloomfield. Nicht alle Hindernisse kann das Geld aus dem Weg räumen.

Am Abend kamen die Gäste in der Bar zusammen, sie tranken und sprachen von der plötzlichen Abreise Bloomfields.

Ignatz brachte ein Extrablatt aus der Nachbarstadt. Dort kämpften die Arbeiter gegen Militär aus der Hauptstadt.

Der Polizeioffizier erzählt, man hätte schon dringend um Militär telephoniert.

Alexanderl Böhlaug wollte in den nächsten Tagen nach Paris reisen. Frau Jetti Kupfer läutete gerade. Die nackten Mädchen sollten auftreten.

Da geschah ein Knall.

Ein paar Flaschen kollerten vom Büffet herunter.

Man hörte das Klirren zersplitterter Fensterscheiben.

Der Polizeioffizier rannte hinaus. Frau Jetti Kupfer riegelte die Tür ab.

„Machen Sie auf!“ schreit Kanner.

„Glauben Sie, wir wollen bei Ihnen krepieren?“ ruft Neuner, und die Schmisse brennen auf seiner Backe, als wären sie mit Karmin aufgemalt.

Neuner stößt Frau Jetti Kupfer fort und öffnet die Tür.

Der Portier liegt blutend auf seinem Fauteuil.

Ein paar Arbeiter stehen im Flur. Einer hat eine Handgranate geworfen.

Draußen drängt sich eine große Menge in der schmalen Gasse und schreit.

Hirsch Fisch kam in Unterhosen herunter.

„Wo ist Neuner?“ fragt der Arbeiter, der die Handgranate geworfen hat.

„Neuner ist zu Hause!“ sagt Ignatz.

Er wußte nicht, ob er zum Militärarzt laufen sollte oder zurück in die Bar, um Neuner zu warnen.

„Neuner ist zu Hause!“ sagt der Arbeiter zu den Leuten draußen.

„Zu Neuner! Zu Neuner!“ schreit eine Frau.

Die Gasse wird leer.

Der Portier ist tot. Der Militärarzt sagt nichts. Ich habe ihn nie so bleich gesehn.

Die ganze Bargesellschaft flüchtet. Neuner läßt sich vom Polizeioffizier begleiten.

XXVIII

Der Morgen bricht mit einem schrägen Regen an wie alle Morgen vorher. Vor dem Hotel Savoy steht ein Polizeikordon. Polizei sperrt die schmale Gasse von beiden Seiten ab.

Die Menge steht auf dem Marktplatz und wirft Steine in die leere Gasse. Die Steine füllen die Straßenmitte. Man hätte sie neu pflastern können.

Der Polizeioffizier steht mit seinen wildledernen Handschuhen im Eingang. Er hält Zwonimir und mich zurück, als wir hinausgehen wollen.

Zwonimir schiebt ihn zur Seite. Wir schleichen hart an den Mauern, um von den Steinen nicht getroffen zu werden. Wir passieren den Polizeikordon, drängen uns durch die Menge.

Zwonimir hat viele Freunde. Sie rufen:

„Zwonimir!“

„Freunde“, ein Mann redet auf einem Brunnen, „man erwartet Militär. Heute abend werden sie dasein.“

Wir gehen durch die Stadt, sie ist still, die Läden sind geschlossen. Ein jüdischer Leichenzug begegnet uns, die Leichenträger rennen mit dem Toten auf den Schultern, und die Frauen hasten schreiend nach.

Wir wissen, daß wir das Hotel Savoy nicht mehr wiedersehn. Zwonimir lächelt schlau: „Unser Zimmer ist nicht bezahlt!“

Wir kommen an jenem Tabakladen vorbei, an dem die Treffer der kleinen Lotterie ausgestellt werden. Ich erinnere mich an das Los.

„Gestern war Ziehung“, sagt Zwonimir.

Der Laden ist ängstlich und dicht verschlossen, aber die Ziehungen sind neben der grünen Ladentür an der Wand befestigt. Ich sah meine Nummern nicht, vielleicht hat man sie gestern mit Kreide aufgeschrieben – und der Regen hat sie ausgelöscht.

Abel Glanz treffen wir im Judenviertel. Er hat gar nicht im Hotel geschlafen. Er erzählt Neuigkeiten:

„Neuners Villa ist zertrümmert, Neuner und seine Familie sind im Auto fortgefahren.“

„Umbringen!“ schreit Zwonimir.

Wir kommen zum Hotel zurück, die Menge weicht nicht.

„Vorwärts!“ schreit Zwonimir.

Ein paar Heimkehrer wiederholen den Ruf.

Ein Mann drängt sich durch die Menge, bleibt vorn. Plötzlich sehe ich, wie er die Hand ausstreckt, es knallt, der Polizeikordon wankt, die Menge wälzt sich in die Gasse.

Der Polizeioffizier schreit einen schrillen Kommandoruf. Ein paar armselige Schüsse knattern, ein paar Menschen fallen, einige Frauen kreischen.

„Hurra!“ schreien die Heimkehrer.

„Platz frei!“ ruft Taddeus Montag, der Zeichner. Er ist lang und dünn und überragt alle um einen halben Kopf. Er schreit zum erstenmal in seinem Leben.

Man läßt ihn hinaus, und ihm folgen andere. Viele Bewohner des Hotels drängen durch die Menge dem Marktplatz zu.

Der Hoteldirektor steht auf dem Marktplatz, unbemerkt ist er hierhergekommen. Er hält beide Hände vor den Mund und ruft und reckt den Kopf angestrengt gegen die Fenster des siebenten Stockwerks empor: „Herr Kaleguropulos!“

Ich höre ihn rufen und breche eine Bahn zu ihm. Es geschieht so vieles hier. Mich aber geht Kaleguropulos an.

„Wo ist Kaleguropulos?“

„Er will nicht fort!“ schreit der Direktor, „er will ja nicht!“

In diesem Augenblick geht oben die Dachluke auf und Ignatz erscheint, der alte Liftknabe. Hat ihn heute sein Fahrstuhl so hoch hinaufgeführt?

„Das Hotel brennt!“ schreit Ignatz.

„Kommen Sie doch herunter!“ ruft der Direktor.

Da bricht eine helle Stichflamme aus der Dachluke, Ignatz' Kopf verschwindet.

„Wir müssen ihn retten“, sagt der Direktor.

Eine gelbe Flammengarbe bricht aus wie ein Tier.

Im sechsten Stockwerk brennt es auf, man sieht weiße Lichtbündel hinter den Fenstern.

Im fünften brennt es, im vierten. Es brennt in allen Stockwerken, während die Menge das Hotel stürmt.

Ich erblicke Zwonimir im Getümmel und rufe ihn.

Die Glocken der Stadttürme und Kirchen fallen schwer in den großen Lärm.

Trommelwirbel erdröhnt, harter Schritt genagelter Stiefel, ein Kommandoschrei zuckt auf.

XXIX

Früher, als ich gedacht hätte, kommen die Soldaten. Sie schreiten genauso, wie wir auch einmal marschiert sind, in breiten, raumfressenden Doppelreihen, mit einem Offizier an der Spitze und einem Trommler zur Seite. Sie tragen die Gewehre mit den aufgepflanzten Bajonetten in der Hand, sie gehen durch den Regen, der Kot spritzt auf, und die ganze geschlossene Soldatenmasse stampft wie eine Maschine.

Ein Kommandoruf löst die festgefügte Masse, Doppelreihen lockern sich, die Soldaten stehen da wie ein schütterer Wald in großen Abständen auf dem Ringplatz.

Sie umringen den ganzen Häuserblock, die Menge ist im Hotel und in der engen Straße eingeschlossen.

Zwonimir sah ich nicht mehr.

XXX

Ich wartete die ganze Nacht auf Zwonimir.

Es gab viele Tote. Vielleicht war Zwonimir unter ihnen? Ich habe seinem alten Vater geschrieben, daß Zwonimir in der Gefangenschaft gestorben ist. Wozu sollte ich dem Alten mitteilen, daß der Tod seinen starken Sohn unterwegs getroffen hat?

Viele Heimkehrer hat der Tod im Hotel Savoy erreicht. Er hatte ihnen sechs Jahre lang nachgestellt, im Krieg und in der Gefangenschaft – wem der Tod nachstellt, den trifft er auch.

In den grauenden Morgen ragen halbverkohlte Reste des Hotels. Die Nacht war kühl und windig und hat das Feuer geschürt. Der Morgen bringt grauen, schrägen Regen, er löscht verborgene Gluten.

Mit Abel Glanz gehe ich zur Bahn. Der nächste Zug soll am Abend abgelassen werden. Wir sitzen im leeren Wartesaal.

„Wissen Sie, daß Ignatz eigentlich Kaleguropulos war? – und Hirsch Fisch ist auch im Hotel verbrannt.“

„Schade“, sagt Abel Glanz, „es war ein gutes Hotel.“

Wir fahren in einem langsamen Zug mit südslawischen Heimkehrern. Die Heimkehrer singen. Abel Glanz beginnt:

„Wenn ich zu meinem Onkel nach New York komme –“

Amerika, denke ich, hätte Zwonimir gesagt, nur: Amerika.